中公文庫

小 林 秀 雄

大岡昇平

中央公論新社

目次

I

II

III

小林秀雄

I

小林秀雄の小説

二十三歳の小林秀雄が初めて小説を書いた大正十三年は「雨蛙」の年である。「一つの脳髄」は志賀直哉の延長線上にあった。

「雪空の下を寒い風が吹いた、枯れかゝつた香附子《はますげ》が、処々に密生した砂丘の上に、小さな小屋がある。黒いタールを塗つたトタン屋根が蓋をした様に乗つかつて居た」

この形容詞で飾ることを拒否し重点を動詞に懸けた文体は、外界の固有な運動に触れまいとする主観の謙遜を示している。主観は単に「見る者」である。作者はこの紀行文を「一つの脳髄」ではなく「一つの視覚」と題することも出来たであろう。

しかし「雪空の下を」という大きな情況、「蓋をした様に」という比喩は、おのずから「私」のセンチメントを暗示している。この脳髄は何かに堪えているのである。

「鶺鴒《せきれい》が小さい黄色い弧を作つてピョイピョイ渡つてゐた」

「白い抛物線が、風で弓なりに反つて海に消えた」

こういう視覚の抽象化は、恐らく当時の新感覚派運動と関係があるが、小林を濫用から救ったのは、志賀の私小説的手法を、一つの脳髄の歴史に限定した批評精神である。

思想は無論生命の経済のために大脳皮質が外界を整理する働きであるが、それが志賀直哉のような野蛮な生活者とか、若い小林秀雄のような病んだ思索者の場合、生命自体を対象としてそれを喰い荒すことがある。生命は屢〻「死」という反対物をその存在の理由とするに到る。

ただ「一つの脳髄」の症状を記述する小林の筆には、自己を喜劇化そうとする一種の羞恥が含まれていて、危く生命を生活に引き戻して来る。

最初に引いた文章で、屋根か「乗つて」としてもいいところを、「乗つかつて」と書く俗語趣味にもそれは現われている。最後に「私」は路傍の石に「へたばる」のである。「女とポンキン」（大正十四年）も依然として視覚的である。

「前の晩の嵐の名残りで、濁つた海の面は、白い泡を吹いた三角波を、一面に作つて居た」。ここでは膝栗毛の愛読者たる「私」は、狸のような犬を連れた女に羞恥を感じている。『ポンキン、いけません！』と疳高い声を出した……私は、この瞬間、女の涙に光つた、蒼白い、一生懸命な顔を、本当に美しいと思つた」

病んだ脳髄にとって、女は「死」とは別の意味で、生命の象徴と見えることもある。この抽象的なセンチメントが「女とポンキン」の主題であるが、犬を叱る女が外部からだけ描かれているという点に、着物の上から掻くような歯がゆさがある。

むしろ女の中に入って、その脳髄に自己の錯乱を設置してみる方が、共感と惨虐の必要を充たすであろう。

数年後の「おふえりや遺文」は死に行く錯乱の処女の幻想を辿る。このオフェリヤはハムレットに棄てられたから死ぬのではない。彼女自身の脳髄の必然によって、この世にいる場所がないから死ぬのである。「妾《わたし》は、逃げます、妾に役は振られてはゐません」思想と形象は一つになる。

「ふと見ると、帆柱のてつぺんから梯子を降りて来る人があります。よく見ると栗でした……どうにも危い芸当で、今にも滑り落ちるかと息を殺して見てゐましたが……栗はたうとう無事で降りて来たとみえて、妾の直ぐ傍にゐました。……栗はやつぱり普通の栗で、やつぱり、思つた通り茹でてあるので、妾は拾つて食べましたが、食べながら、譬《たと》へ様のない、いやな悲しい気持ちになりました」

「一つの脳髄」の結末でも、「私」は「脳髄についた下駄の跡」と、現実の砂地についた下駄の跡を「一つ一つ符合させようと苛立」っているのである。

惟《おも》うに思惟には、こういう数え上げる作用を当然伴うものであるが、それがオフェリヤを狂わしたように、小林の批評文に、現実性と粘着性を与えて来た。

「何んの虚飾も許さない解析の螺階《らかい》を登り始めてから……幾年になるだらう」と「からくり」の中にある。

「自分の苛めること丶、いたはることのけぢめがつかなくなつたこの頃だ」。「からくり」は「様々なる意匠」で登場した彼が『文藝春秋』に文芸時評を連載し始める前に書かれた短文である。依然として文章は告白体であるが、ラジゲの『ドルジェル伯の舞踏会』の読後感を通じて、彼の思惟が内から外へ向った点が注意される。

「だが、俺は信ずるが、彼（ラジゲ）はある色を鮮やかに見たに相違ない、その色の裡に人間共がすべて裸形にされ、精密に、的確に、静粛に、担球装置をした車軸の様に回転するのを見たに相違ない。神の兵士等に銃殺されたこの人物が垣間みたものは、正しくこの世のからくりだつたに相違ない、そして又恐らく同じあの世のからくりだつたに相違ない」

　依然として死と隣接しているが、一つの脳髄は漸《ようや》く自己も、他者も同じ色の裡に見るのに興味を覚える。「他人を退屈させないこと。恐らくこ丶に私に課せられた新しい任務があらう」と彼は別に書いている。

「Xへの手紙」（昭和七年）は批評文を生活の資としている一人物の、架空の一友人に宛てた手紙の形式を藉《か》りた独白で、からくりを見てしまった人間の孤独が、さらに精妙に展開されている。その内容はここで詳述するにはあまりにも複雑且《かつ》広汎であるが、このやはり一種の正静な錯乱状態にある人物の存在の理由を示すには、ヴァレリーのテスト氏の序文の次の一句が適切であろうと思われる、「テスト氏は可能であるか。この問ひが諸君をテスト氏にしてしまふではないか」。

思想に囚われた人間の唯中に、思想に囚われまいと決意した人間が一人で生きている。思想に囚われないことは可能であるか、この問いが諸君を思想から解放するではないか。小林の批評文が読者の頭ではなく胸に訴えるのはこのためである。

「一つの脳髄」から「おふえりや遺文」に到る一連の「私」の内部が、狂女の心に対象化されて、日本の私小説の形式を破壊したのと同じく、「Xへの手紙」は思想家の私小説としてそれを拡大し、爆破したのである。

「おふえりや遺文」が青春の決算であるとすれば、「Xへの手紙」は中年の中間報告である。そして小林は批評を書き続けたので、この様式は小林自身によっても続けられず、後継者もなかった。「Xへの手紙」の五年後、小林はトルストイの家出をめぐって、正宗白鳥と論戦した。「思想は実生活と訣別しなければ力がない」。「一つの脳髄」から批評の広野へ出た小林にとって、これほど自明なことはなかったろう。しかし正宗白鳥にトルストイの家出の原因を、山の神のヒステリイに限らせた日本の私小説的思考の型は今でも続いている。本多秋五のいうように小林秀雄が長い批評家生活の中で提出した諸問題で、今日なお新しく解決されていないものが多いのである。

「あらゆることはいわれた。しかし誰も聞かないから、私は繰り返さざるを得ないのだ」とジードはいっている。我々が小林のいうことを聞かないわけではないのは、彼の栄光の証明するところであるが、彼にはまだ我々が聞いたとは思えないらしい。だから彼は語り続けている。

（一九五〇年十一月）

小林秀雄の世代

小林秀雄が『新潮』に四年越し連載している「感想」について、昨年から一度書きたいと思いながら、延び延びになっていた。「感想」の内容がむずかしいだけではなく、そこには小林の思想が異様に圧縮された形で現われている。私として感想はないことはなかったのだが、それを表すには、小林が「感想」を書くに費したと同じ量の思索が要るのは明瞭なので、なかなか取りかかれなかった。

しかし「感想」のような労作が四年も密室の独白めいた形で書き続けられるのは、異常である。しかもその間に小林秀雄についてブームといってもいいほど論じられているのだ。しかし現にその人が書いているものを除いて、数千言を費してなんになるだろう。『モオツァルト』について、多く語られるが、論者はモオツァルトについて、小林の十分の一も知っていない。小林の骨董と真贋談義について、冷笑的口吻をもって語るのも容易ではある。しかし小林がどんなセトモノを愛好しているかを知らないで、知ろうともしないで、なにを言っても無意味ではないか。

「感想」はベルクソンの祖述にすぎないというような意見が出たことがあるが、そう言ったのは小林の百分の一もベルクソンを知らない人だった。いくらベルクソンが現代日本の文士の関心の外にあるとはいえ、小林秀雄を論じるのに、現在の小林の関心の対象について、知ろうとする努力が見られないのは不思議である。

無論、私もベルクソンについて、小林の百分の一も知らない人間の一人だが、「感想」を論じるために、『物質と記憶』を読み返そうというぐらいの気持はある。これから「感想」が小林の仕事の中で占める、或いは占めようとする位置を考えてみたいと思うのである。

ただ、その前に、最近私の身辺にあった一つの出来事について語るのを許していただきたい。それは私の従兄洋吉の死なのだが、それについて語ることが、小林の「感想」と無関係でない次第は、だんだんわかって来るはずである。

大岡洋吉は伯父哲吉の長男で、昭和三十七年三月二十八日夜九時、平塚市松風町一二五番地の自宅で、肺癌で死んだ。私の住む大磯とは隣町でありながら重態の知らせも受けず、死に目に会うことも出来なかった事情は、だんだんに書く。あまり来つけない人が見舞うと、病人が神経をとがらすという妹信子さんの配慮があり、親類旧友の誰も知らされなかった。しかしそれだけではない。

洋吉は明治三十五年の生れであるから、小林秀雄と同年である。早生れだったので府立一中（現・日比谷高校）で一級上だった。つまり富永太郎や河上徹太郎と同級だったわけだが、洋吉の属したのは、英語のかわりにドイツ語を教える級で、殆ど接触はなかった。お互に「そんな奴がいたな」という程度にしか覚えていなかった。後で私が小林を知ってからも紹介しなかった。洋吉さんは私のその頃の文学的傾向を嫌い、従って私の文学的友人には無関心だった。ところがそもそも私に文学を教えてくれたのは、洋吉さんだったのである。

大正七年創刊の童話雑誌『赤い鳥』に童謡を投稿し、「雨」が第三巻第一号（八年七月号）北原白秋選で「推奨」になり、第三巻第五号（同年十一月号）には「日まはり」が「推奨」になった。洋吉さんは府立一中五年生だった。大向小学校五年生だった私に、手を取るようにして童謡を書かせ、一緒に投稿してくれたのも洋吉さんだった。

『赤い鳥』は周知のように、鈴木三重吉主宰の児童雑誌だが、昭和三年の終刊までに果した役割は、児童文学の範囲を越えている。それは自由画、自由作文など自由教育の一環であると同時に、芥川龍之介「蜘蛛の糸」のような、大人に読ませる童話という特別のジャンルを生み出した。白秋の「祭」、八十の「カナリヤ」が発表されたのもここで、今日の眼から見れば、感傷的、逃避的と見えようとも、大正の文士や詩人が、異様な熱心で従った文学運動というべきものだった。

故人を記念する意味で大岡洋吉の作品を、掲げてみる。(『新潮』編集部が探してくれたものである)。

雨《あめ》

白《しイろ》い珠《たアま》、白《しろ》い珠《たま》、
雨《あアめ》の珠《たアま》、白《しろ》い珠《たま》。
電信線《でんしんせエん》の路《みち》を、
つゞいて通《とほ》る。
まアるい〳〵提灯《ちやうちん》に、
白《しイろ》い火《ひイ》を点《とオぼ》して、
雨《あアめ》の珠《たアま》の行列《ぎやうれつ》。

当時の投書家は憶えているかも知れない。「推奨」は入選のように巻末に六号三段に組まれるものではない。見開き二頁に二篇カット入りで掲載されるので、半ば専門家並みである。

麻布市兵衛町二丁目の家の二階で、洋吉さんにこの童謡を説明して貰ったのを憶えている。それは谷町へ向って降りる坂の中途の家で、電線は二階とほぼ同じ高さである。雨の日なら、電線にいっぱい雨の珠がついて、ゆっくり坂下へ動いて行く。次の電柱に行き着く手前で、勾配は逆になるから、少しためらってから、ぽとりと落ちる。（そこまで表せなかったのが残念だ、と洋吉さんは言った）雨の珠は空の光を反射して、底に一点の光るところがある。「白い《しいろ》火《ひい》を点《とお》して《ぼ》」という比喩はそれを指したものである。これらを実際に雨の珠の行列を見ながら、教えて貰ったのである。

私はやっと入選三回だったが、洋吉さんは推奨二回、入選一回だから、格が違う。当時の私には洋吉さんは神様みたいなものだった。

ついでにもう一つの推奨作を掲げておく。或いはこの方がすぐれているという人もいるかも知れない。選者はずっと白秋である。

日まはり
日《ひ》まはり、日《ひ》まはり、
とんぼの時計《とけい》、
ついとまつて、
大《おほ》きな眼《めゝ》で、
もうもうお昼《ひる》よ、
御飯《ごはん》にしよ。

父達は和歌山市の近郊の地主の次男、三男で、明治末から東京へ出て、兜町で株の仲買店に勤めていた。子供達が小説を読みふけるのを、ひどく嫌ったのだが、洋吉さんの童謡の『赤い鳥』推奨によって、われわれは株屋の家庭で、文学青年になる自由（?）を得たのである。突破口を作ったのは洋吉さんであり、私はひたすらこの七歳年上の従兄のあとをついて歩いたにすぎない。漱石、龍之介、春夫、直哉、みな洋吉さんに教わって読んだのである。

洋吉さんはやがて松山高校に入り、休暇中しか家にいない人になった。丈が高く、色白で、白線の入った高等学校の制帽がよく似合った。瀬戸内海の舟行が印象的だったらしく、手紙に書いて来たし、話にも出た。島々が行く手を閉ざして、逃れんすべなしという形になる。途端に思わぬ方角に水路が開け、広い海と別の島が眼を射る光景を、洋吉さんは繰り返し語った。

麻布市兵衛町二丁目の家の二階の奥の間に、縁側に向って、腰掛け机を据え、始終本を読んでいた。一中からドイツ語専門だったから（これは当時の官立学制中の変種で、ドイツの法律や医学を取り入れるために、設けられたものらしい）、むろん高等学校は文乙で、ドイツ語は楽だったろう。カント、ゲーテ全集その他レクラム版の原書が書棚に並び、『善の研究』『三太郎の日記』が『桐の花』『雲母集』『唯物論と経験批判論』『貧乏物語』『女工哀史』と同居していた。

童謡の制作はとっくにやめていて、始終ノートになにか書いていた。なかなか見せてもらえなかったが、それは或いは小説と考えられ、或いはなにか哲学的論文であると考えられていた。われわれは二度も『赤い鳥』の推奨になった洋吉さんが、偉い文学者になることをうたがわなかった。

そのうち同じ市兵衛町の中で一丁目六番地に引越した。これは偏奇館の向って左側、箪笥町の方へ降りかかる坂の一段下ったところにある平屋である。

偏奇館を訪れる美人のうわさが出、震災後の自警団に自らお出ましになる荷風散人の風貌を洋吉さんは教えてくれたが、小説は書棚になかった。荷風はその頃殆ど書いていなかったし、われわれは大正文学一般を軽蔑していた。

最初私を築地小劇場に連れて行ってくれたのも洋吉さんであり、上野美術館にフランス美術展があるのを教えてくれたのも洋吉さんである。将棋を指し、正月には花札を徹夜で「人生五十年」、引いたこともあるが、いつも人生を論じ、文学を論じ、哲学を論じていた。いや、教わっていた。

私が成城高校へ入った時、洋吉さんは「昇ちゃんもそろそろこれを読んどいた方がいいだろう」と言って、西田幾多郎『善の研究』と津田左右吉『古事記及日本書紀の研究』を貸してくれたが、それらはみな私の人生観を根本から変えた本だった。少しあとで読んだブハーリン『史的唯物論』もそういう本の一つである。

最近『文藝春秋』で桑原武夫の「大正五十年」という回想記を読み、私が中学から高等学校へかけて読み耽った本が挙げられていないのに少し驚いた。桑原氏は私の京大仏文の四年先輩であり、スタンダールを教えてくれた人である。その人が西田哲学の影響を全然受けていないらしいのに、少し妙な気がした。

小学校時代から大岡洋吉のあとを追いかけ、後では同じく七つ年上の小林に追いつこうとしていた私自身というものは、自分の世代を持てなかったのである。四歳年上の桑原氏より老けているのではないか、という疑問に捉われた。

私は早熟であるといわれ、成城の同級の古谷綱武や富永次郎は、私に一目おいていた、というようなことを、この頃になって書いたり言ったりしている。しかし私は決して早熟なのではなく、大岡洋吉という兵器廠を持っていたため、古谷や富永よりものを知っていただけである。

彼等は私が小林に会ってから、人が違ったようになったと言う。それは多分本当だろう。しかしもしそれが、その時から、自分の世代からはね上って、背延びをはじめたという意味なら、少し違うのである。私ははじめから小林の世代に追いつこうとしていたのであった。

洋吉さんは私が小林や中原と附合い、ランボオやボードレールの話をするのをいやがった。『山繭』の「富永太郎追悼号」を見せたが、「なぜこうむずかしく書く必要があるのかね」と言った。洋吉さんの愛誦詩人は白秋、八十、朔太郎であった。そして一つの詩の近作を見せてくれた。それは旋頭歌であって、文句はいまでも、大体憶えている。(第一句はしかし思い出せない。なにか枕詞だったかも知れない)。

……五月《さつき》の坂を、妹上《いものぼ》らすも、
アスファルト、そよりゆかしく、
坂上らすも。

市兵衛町一丁目六番地から、小さな坂を上ると、山形ホテルの方から曲って来て、霊南坂へ通ずる広い道に出る。私は前から洋吉さんに連れられて、この道を通って、溜池の葵館へ行き、徳川夢声の活弁を聞いた。大倉集古館に漢の青銅器を見に行った。

東京の町の舗装が進んでいた頃で、溜池の電車通りから、まずアメリカ大使館の横の霊南坂にアスファルトが上って来た。洋吉さんの旋頭歌はその坂を「妹」がのぼる情景を詠んだものである。

私はその頃は少し生意気になっていたから、この詩は、作者の位置がはっきりしていない。「上る」とあるからは、女の後から見た情景に違いないが、「ゆかしく」はあいまいである。市兵衛町の位置から考えると、これは『桐の花』や「侘しすぎる」の「訪ねて来る恋人」でなければならないが、そうすると「上る」と後姿になってるのが変だ。云々。

洋吉さんは少しいやな顔をした。自分の考えているのは「そよりゆかしく」の「そより」が「それより」の意味に使えるかどうかということである。古歌を調べても例がないから、無理かも知れない、と言った。

しかし私にはそんな煩瑣主義は愚劣に見えた。この頃から少し洋吉さんを軽蔑しはじめていたと言ってもよい。洋吉さんの教養は広かったが、音楽はなかった。絵はオスボーンの『世界美術史』一冊だけだった。ところで富永太郎も次郎も絵描きだった。小林はモオツァルトについて、長々と語れる人だったし、河上徹太郎はシューベルトの「影法師」について、独創的な意見を『山繭』に発表していた。

洋吉さんは友人から聞いた話として、「昇ちゃん、こないだ新宿を中原って人といっしょに歩いてたろう。みんな振返って見ていたそうだぜ。あんまり柄の悪いのと歩くのおよしよ」と言った。私が市兵衛町の家（いやその頃は牛込市ケ谷台町に越していた）に足が向かなくなってしまったのは、ごく自然だった。

洋吉さんの生涯には、この間に一つの転機があったのだが、それが幼い私にはわからなかったのである。こんど洋吉さんが死んで、その書き残したものを読み、十冊ばかりの蔵書の中に、『桐の花』とレクラム版 Buch der Lieder と共に、レーニン『唯物論と経験批判論』プレハーノフ『戦闘的唯物論』があったのを見て、その意味をさとった。

洋吉さんは松山高校で落第して三年を二度やっている。その二度目の大正十二年の春、突然市兵衛町の家に特高の刑事が訪ねて来た。洋吉さんが松山で左翼の集会で演説したというのである。

洋吉さんはすぐ松山から呼び戻され、父親から散々打たれた。（私の父の世代はよく子供を打った。それは大抵は昼間の兜町の不満のうさ晴しであったらしく、夕方店から帰るとひとしきり叱責と打擲《ちょうちゃく》の儀式があった。伯父の儀式は私の父のよりはひどかったので、この時のすさまじさは想像出来た。たしかに洋吉さんの性格形成には、伯父さんのひどい打擲が役割を果している）親族会議が持たれ、改心を誓わされて帰って行った。「それから性格が変った」と父の代で現存する唯一人の人になった叔母蔦枝は言っている。

私はその時十四歳であり、洋吉さんから漱石や芥川を教わり始めたばかりだった。その書棚に『資本論解説』と『反デューリング論』があった。それらの本は私は後で借りて読んだのだが、洋吉さんはなにも意見をつけ加えなかったのを思い出す。恐らく私に「赤」を教えるのを禁じられていたのであろう。洋吉さんが残したプレハーノフ『戦闘的唯物論』は、当時書棚に見たおぼえはないから、きっとかくしてあったのである。

その頃から洋吉さんの学校の成績が悪くなった。東大の独文に入ったが、三年目に単位が足りなくて卒業出来ないのが明白になったので、国文科に切り替えた。『日本古典全集』『国訳漢文大成』『国訳大蔵経』が洋吉さんの書棚に並び出した。ところがその国文科も洋吉さんは中退してしまった。家出して京都の友人の家へ行くという威嚇的な形で、中退は実現した。

この頃は私が小林秀雄に会った頃と重なっており、どういう心境なのか、全然わからなかったし、また関心もなくなっていた。ただかつてあれほど若々しくさっそうとして、瀬戸内海の美しさを語った洋吉さんが、だんだん引込み思案の偏窟な人間になって行くのに、驚いていただけである。

潔癖が現れはじめた。便所へ行った後だけではなく、一日に何回となく手を洗うのである。大岡の家には潔癖があって、本家の伯父は新聞も日光消毒しないと手に取らない半気違いであった。父の代では一番開放的であった父を除き、それぞれ多少とも手を洗う癖を持っているが、私達の代で現れたのは、洋吉さん一人である。

なにか熱心に書き出したのは、この頃からである。大学をやめたので、著述で身を立てなければならなくなったということらしい。書いているのは小説と思われていたが、誰も見た者はなかった。一年の終りには庭で原稿紙とノートの山を燃すのが習慣になった。そしてこの癖は平塚松風町の家で死ぬまで続いたのである。

戦後伯父も伯母も死んでいたので、洋吉さんは松風町の小さな家の持主である。そこへ戦争未亡人になった妹の信子さんと二人の女の子が同居していた。信子さんは私より五歳年上で、勤人であった夫がフィリピンで戦死してから、平塚の小学校の教員になって、二人の子供を育て、洋吉さんを養ったのである。現在では子供達はそれぞれ大学を出て就職し、家計は安定しているが、昭和二十四、五年の頃に危機があった。どうしても洋吉さんに勤めて貰わなければならない事態に立ち到ったのだが、洋吉さんはあてがわれた市役所の書記の職をすぐ捨ててしまった。私ははじめてこの旧師に少し強く意見をした。

戦後小説家ということになった私が、洋吉さんにどういう風に映っていたかは想像出来る。洋吉さんは『俘虜記』の原稿を読み、面白いと言ってくれた。ところが二年後それが雑誌に発表され、受賞ということになると面白くなかったらしい。「昇ちゃん、横光賞って、いいもんなのかい」と言った。鎌倉へ越してから、暫《しばら》く往来があったが、洋吉さんはひどく大きな声でものを言う人になっていた。淋しいのだ、話相手が欲しいのだということはわかったが、文学の話をすることは禁物なのである。しかしお互に昔から一番重要だった話題を避けなければならないのでは、会話は歪んだものとならざるを得ない。文学というのはそういういやなもので、親類の中で私達はいつの間にか競争者になっていたのである。そこへ就職について七歳年下の私が意見したのだから、洋吉さんは怒った。以来私は洋吉さんとは平塚の街角で一度会って立話しただけである。

私はこれまでは「文学的青春伝」などずいぶん回想を書き散らしたが、洋吉さんのことは、一度名前を挙げただけである。私の著書を見るのがいやなのはわかっているから送らなかったが、そういう記事がどんな機会で眼に触れるかも知れない。それは洋吉さんに一層の不快を与えると考えられたからである。その後大磯平塚とひとまたぎのところに住みながら、お互に会うのを避けた。

私の家にある本で洋吉さんに必要なものは、姪に取りに寄越したりした。それらはみなよい本で、私としても家に備えておかないと困るものだった。留守中持って行った本は、リストをおいといてくれ、と伝えてもらったら、しばらく借りに来なかったが、私の外遊中はまたよく借りて行った。帰って見ると十数冊がなかったが、その中に古畑博士の『法医学』があった。必要があって返して貰ったら、中の挿絵数葉が切り取ってあった。

洋吉さんが年少の姪達の眼に触れるのをおそれて、それら残酷な写真を切り抜いた気持はわかる。しかしそれならそう断って貰わなければ困るのである。そう伝えてもらったら、全然借りに来なくなった。

洋吉さんが残したのは三冊のノートと、洋罫紙四頁の買うべき本のリスト、姪に英語を教えるために作った例題集だけである。

ノートのことはあとで語るとして、この四頁の買うべき本には、『現代の自然観』全三冊から、ガモフ、リード、時枝国語学、日本残酷物語、鈴木大拙全集に到る現代の良書を網羅している。老書生の空想の図書館ではあるが、読書指導として優秀なものと私には思われる。（文学関係は佐藤春夫『わが龍之介像』だけである）。

その中には私のところにあるものもあるので、洋吉さんがそんなに読みたかったのなら、本を二冊買ってもいいから、渡して上げればよかったと、いまになって後悔の念にかられる。（誰でも人が死んだあとでは、こんな風に思うものだが、この感情がいま洋吉さんと私をつなぐ唯一のものなら、しばらく忘れたくない）。

そのリストを見て、私がショックを受けたのは、終りの方にあるソ連科学アカデミイ版哲学史十二冊、同世界史三十冊であった。琴平町の私の知らない出版社の番地まで調べてあり、赤鉛筆で三重丸がつけてある。

「唯物論に反対の哲学として客観的唯心論は、神の代りに心による世界の創造を認める神話だ。そして自然についての知識が少なくて世界を理解するのに、理解することのできない不思議の多かった時代では、仕方のない空想であったとしても、少なくとも自然科学がどうにか一通り世界を説明することが出来るようになってからは、卑屈な迷信に過ぎない。しかしまた主観的唯心論は、世界を自分の意識する意識であるとする、個人としての自分ではなく、絶対者としての自分であるとするにしても、自分の意識であるとする幻想である。そして幼稚な感傷としては仕方のない夢であるとしても、少なくとも理論としては軽薄な独よがりだ」

これは大岡洋吉が残した三つの哲学的エッセイの中の最初のもの、一九五六、七、二九、の日附を持つ「観念的唯心論」についての書き出しである。大型ヒカリ・ノートに四十頁、童謡「雨」を書いていた頃と同じ、丁寧な活字体で清書してある。

毎年十二月にノートを焼くのが行事だったから、これは確実に残してもいいと考えていたものである。机に向っている洋吉さんに、姪が、

「おじさん、お風呂に水を入れてくれない」

と頼みに行くと、

「ちょっと待ってくれ、おじさんはいま忙しいんだ。これをすましてからにしてくれ」

と言って、机の前を離れなかったという。死ぬまで考え続けながら、洋吉さんは死んで行ったのである。

しかし平塚の松風町の部屋から今頃になって観念的唯心論なんてとっくの昔に論破されているものを、攻撃してなんになるというのだろう。

一九五七、一一、四の日附を持つ「禅について」は『碧巌録』や『臨済録』からの引用にみちているが、結局「禅はあくどい法螺か、毒々しい強がり」であり「全唯心論第一の天才的な夢である」。

「道徳」一九六一、一一、一七付。「神々はあるにしても無智無能であり」「人間は他人の幸福のために生きることは出来ず」、「愛は平等の観念を害《そこな》う」しかし「利己主義を認めることはなにより不平等な社会の制度を認めることであり」、そして「結局権力や金力のある支配者たちの、支配されている者たちに対する身勝手を認めることである」。

もし人間に心の真実としての道徳があれば、今迄に自由な社会があったはずである。人間に好みとして平等の観念があれば、わざわざ利己主義のために、ごたごたした社会生活を営むほど、人間は馬鹿ではない。つまりもともと人間には真実としての道徳はない――これが洋吉さんの推論の型である。

共産主義が空しい理想主義であったことは、「スターリンとその仲間のいざこざによっても明らかである」。「しかしまた人間にはこれからも道徳のある自由で平等な社会生活はなくても、妥協としての、平等で平和な社会はないかも知れないが、大抵あるだろう。(それは)いいかげんなことではないにしても、でたらめでも不快なことでもなくて、当り前のことであるだろう」

この陰惨な結論は、生涯働かず娶らず妹の世話になり、バラを世話して、平塚の砂の上の家で死んでしまった洋吉さんにふさわしいかも知れない。

しかし家族の感情は別である。信子さんはどこへ行っても、「よくおやりになる」といって褒めてくれるのはありがたいけれど、必ず「それに引きかえ洋吉さんは」と続くのが、辛かったと言っている。二人の姪も始終むずかしい本を読み、英語を教えてくれたおとなしい伯父さんを尊敬をもって思い出している。

洋吉さんの書いたものは、大体において唯物論的安心立命法であったといえるかも知れない。「道徳」を書いていた頃の洋吉さんの座右の書は岩波文庫『エピクロス』であった。(申すまでもなく、エピクロスは唯物論者であり、原子論者であった)。

しかしもしこれが飽くなき地下室からの攻撃の計画であったとすれば、三重丸がついているソ連アカデミイ版『哲学史』も油断ならない。洋吉さんの立場は大体フォイエルバッハのそれであり(『唯心論と唯物論』『哲学史』も「読むべき本」の中に入っている)、弁証法批判が最終の目的だったかも知れないからである。

とにかくわれわれには洋吉さんがなぜ書くのか、そして焼かなければならないのか、何を苦しんでいるのかわからなかったのだが、それが最終的に残したもので明らかになったのである。

恐らく作業は戦争中も間断なく続けられたので、世相の変遷と共に無意味となったノートが、次々と焼かれたと思われる。洋吉さんは表現力において不備だから焼いたのではなく、その内容が時代と共に意味を失ったから、焼いたのであった。

現在残った三つのノートも、大して意味はない、と言えないこともない。日記やノートをつける人間は結局自分にも社会にも不満な疎外された者であり、しばしば激越な結論を紙上に放射して憂いを晴す、と一般に考えられているからである。しかし私にとって重大なのは、洋吉さんの動機ではなく、放射の仕方であり、放射されたものの性質である。

そこには大正の哲学青年の推論の型が明瞭に現れている。それはまた私自身のものでもあるが、小林秀雄とどこに共通点があり、どこが違っているかを考えることから、「感想」に近づく手懸りが得られるかも知れない。

大岡洋吉は『意識の直接与件』と『創造的進化』を読んでいたが、『物質と記憶』に興味を示さなかった。小林秀雄の「感想」の中心のテーマはこれまでのところ『物質と記憶』である。これは身体と精神の関係に関する書だが、洋吉さんは肉体は避けて通った。

問題は小林の世代のものの考え方に関している。「様々なる意匠」以前の思想が、小林の生活体験から生れて来る経過は、江藤淳『小林秀雄』に美しく叙述されている。小林の思想の中身は江藤氏があますところなく伝えているので、私はいわばその思想の形について、補足的な意見を附け加えるにすぎない。

哲学は現在不思議に流行らなくなった学問である。本屋の書棚でも人文科学の僅かな部分を占めるにすぎず、神田の一流の古本屋で、ピランデルロの『生けるパスカル』が『パンセ』と並んでいる始末である。自然は物理学があますところなく記述し、いかに生くべきかについては、社会学が実際的に教えてくれると信じられている。

しかし小林秀雄の世代は、相対性原理についても日本の科学者の間で一致せず、哲学が科学を「批判」すると信じられていた時代に、成年に達している。「哲学概論」が高等学校の必修課目であり、タレスから新カント派に到る哲学史を新カント派の立場から記述して、諸学問の上に君臨していたのである。岩波の「哲学叢書」が今日の修養書のように売れていた。デカルト、カント、ヘーゲル等の名が、たとえわからなくても、わかろうとしなければならない本として、本屋や図書館の書棚から、少年を見下していた。

私は前から西田幾多郎を除けて、プロレタリヤ文学以前の日本文学を論じる不備を感じていた。『善の研究』と倉田百三『出家とその弟子』のように直接の系統は常には辿れないとしても、小林の論文が「人生斫断《しゃくだん》家《か》ランボオ」以来具えていた思弁的構造は、大正の哲学的雰囲気なしには説明出来ないと思われる。最近小林の批評の先駆として、佐藤春夫をあげる説が出ているが、（中村光夫「佐藤春夫論」、大炊絶「私小説論の成立をめぐって」）そこには根本的に態度の相違があると思う。

河上徹太郎の論文も新カント派の「立場」の痕跡を持っている。彼の初期の論文の「見方を換えれば」とか「別の立場から見れば」という語法の底には、リッケルト『認識の対象』があるのではないかと思う。

無論これらは哲学的ニュアンスであって、哲学そのものではない。彼等が年少にして遭遇した哲学的諸問題を解決しなければ安心出来なかったなら、哲学者になっていなければならない。「何んの装飾も許さない解析の螺階を登り始めてから幾年になるだらう」と小林は書いている。「芸術といふ名で包摂されてゐる、人間のあらゆる意識的記号の戯れだけが、無闇と俺をスカすのは奇妙である。」（「からくり」）芸術作品の分析不能な部分に惹かれたのは、それぞれ資質がそれを強制したのである。哲学的問題は強制とはならなかったのである。

しかし人間が理性的動物である以上、どんな少年にも哲学的諸問題は課せられる。少年はニュートンが林檎の落ちるのを見て、万有引力説の霊感を得たと絵本によって教えられた瞬間から、彼はニュートン的世界に入らざるを得ない。

どんな遠い天体も瞬間的に働く力によって相引かれるという不合理を彼は盲信する。ここには「神」のような超自然的な勢力も、ジュール・ヴェルヌの科学小説も入り得るのである。

代数にはマイナスにマイナスを掛けてプラスとなる、というような少年の頭には理解の困難な部分があり、空間と時間の「無限」がなんとなく気になる時がなければならない。これらの疑問を解決しないでも、生きるのになんの支障もないが、それが気になる少年にとっては、西田幾多郎の「純粋経験」の説は、新しい視野を開くものでなければならない。「経験するといふのは事実其儘に知るの意である。全く自己の細工を棄てゝ、事実に従うて知るのである。純粋といふのは、普通に経験といつて居る者も其実は何等かの思想を交へて居るから、毫も思慮分別を加へない、真に経験其儘の状態をいふのである。例へば、色を見、音を聞く刹那、未だ之が外物の作用であるとか、我が之を感じて居るとかいふやうな考のないのみならず、此色、此音は何であるといふ判断すら加はらない前をいふのである。（中略）未だ主もなく客もない、知識と其対象とが全く合一して居る。これが経験の最醇なる者である」

有名な『善の研究』の書き出しであるが、私は少年の時、これを初めて読んだ時の驚きを忘れることが出来ない。すべての私の疑いはここに一掃されたので、ここから出発して、確乎たる思想に到達することが出来ると信じた。十六、七歳の頃は心身共に変革の時と言われるが、世界がニュートン的安定を失うのはいずれ避けられないのである。

ところで私は一年ばかり純粋経験論者であり、出隆『哲学以前』田辺元『科学概論』もいっしょくたに読んだ後で、奇妙な覚醒の経験があった。

成城高校の夢中歩行的哲学少年であった私は、或る日早引けして電車に乗った。一日で一番電車のすいている時間で、同じ車には神奈川県から乗って来たような人達ばかりであった。成城の駅を出てすぐ、降りにかかり、窓外を枯草の崖が過ぎて行った。見馴れた枯草であるが、これを枯草であると認知せず、主客未分の状態で、例えば生れて初めて電車に乗った小児のような眼で見ている経験を、純粋経験論は仮定する。

それは私にとって可能であるばかりでなく、電車の他の乗客にとっても可能でなければならないが、『善の研究』を読んでいない人達が、そんなことに思いも寄らないことは確実である。

彼等は、それを窓外を過ぎる枯草の斜面として無視できることを、経験から知っており、実は私も同じ理由によって、この斜面には無関心である。なぜこれを純粋経験として考え直さなければならないのか。

純粋経験を知らない人間も、知っている人間も、同じ成城駅附近に斜面を見ればたしかに同じ斜面と見得るなら、そしていつ通っても、たしかにその斜面が同じ場所にあるなら、斜面は実在するのである。純粋経験の不思議さよりも、誰が見てもそこに同じ斜面があり、地図さえあれば、誰でも間違いなくそこに到達出来るということの方が重要ではないか。

少年の空想は物笑いの種かも知れないが、当時の少年はこんな奇妙な廻り路をする危険を持っていたのである。この考え方は再び私を常識の世界に連れ戻し、唯物論者にしたかも知れないのだが、ベルクソン『物質と記憶』によると、事態はそう簡単に行かない。

哲学的思弁を知らず、対象が知覚する意識と独立して存在すると主張する人を、ベルクソンは咎めてはいないし、彼は自ら二元論者であるといっている。（西田幾多郎も彼の『善の研究』は二元論的であったと言っている）しかし外界が実在すると考えても問題が少しも易しくならないのは、人間の脳髄の存在である。脳髄も考える主体にとって、外界であり、物質でなければならないが、そこに大脳皮質の映像を含めて、厖大な映像が貯蔵されていると考えなくてはならない。

最近の進歩した脳生理学によって何億という神経の回路が設置されることで、この問題は「科学的」に説明されているように見える。しかし神経繊維の数をいくら殖《ふ》やそうとも、われわれの映像の結合の跡を尽く跡づけることは出来ないのが気になるような頭の構造を持った人は、有名な記憶の逆円錐形の形而上学に魅せられるに違いない。

大脳皮質に関する偏執は「一つの脳髄」以来、小林秀雄に一貫して存在する。これは或いは彼が少年期の神経衰弱を脱出するために必要とした努力の痕跡かも知れない。彼の初期の論文にはベルクソンと共に、リボオ『記憶の変態』が引用されている。一方、物心二元論、つまり「常識」と共にあることで、富永太郎や河上徹太郎と一級下だけで、二人とは違う出発点に立っているようにも見える。

映像が我々に内在するか、外在するものであるかという問題は、文学にとって永遠の問題であるらしい。サルトルはその最初の論文『想像力の問題』（*Imagination*）で、哲学史的に問題を追究している。サルトルの論文には、比較的初めの方にドグマが現れる部分があって（『文学とは何か』におけるアンガージュマン）、彼の教義に瞬間的に説得されない者は、その長広舌に随《つ》いて行けない。『想像的なもの』（*Imaginaires*）も同じ特徴を持っているが、『想像力の問題』は準備的検討であるためか、その欠点はない。

もっとも小林に十年ばかり前貸したが、全然面白くないということだった。必ずしもサルトルがベルクソンを嘲笑しているためではなく、問題は小林には検討ずみだったからだと私は思っている。今日の文学界で想像力が小説における技術的問題として、無力な常套句になっているのは、こういう映像に固有の問題点に触れないからである。

弁証法的唯物論以後に現れた知性は、こういう思弁に興味を持たない。マルクスは思弁的操作に馴れた哲学者であったが、その本は、人がそういう思弁をせずにすむように書かれている。あらゆる教祖の書物の特色だが、同時にヘーゲルを知らないマルキスト達に、正反合の機械的操作によって、能事足れりとする怠惰な習慣を与える。雨降って地固まるという諺は弁証法的思惟の見本である、庶民の考え方は元来弁証法的であるというような阿諛《あゆ》、白と赤が揚棄されて、桃色になるというような安直な論議が当時は多かった。これが昭和初期の文学における弁証法の特徴だった。

明治以来ヘーゲリヤンがいないわけではなかったらしいが、それは日本の哲学の主流とはならなかった。昭和初め、新カント派と西田哲学が弁証法的唯物論に押され、『現象学』『存在論』の輸入によって変質すると共に、哲学青年は「存在」について考えはじめた。しかし優勢なのはショーペンハウエルの系統を引く『生の哲学』と『人間論』であった。たまたま当時の文学界には、マルクス主義に対抗するため、形式主義とか偶然論など空理が発達していた。これを新カント派の方式を用いて批判したのは谷川徹三であった。三木清の『パスカルに於ける人間の研究』は文学的問題を含んでいた。小林の批評家としての出発は、これらの哲学的講壇批評家にすぐ続いていたので、彼も混乱の整理者として現れた。

プロレタリヤの解放という現実的要請があったとはいえ、ヘーゲル抜きにマルクス主義が輸入されたのは不幸であったということが出来よう。マルクスは弁証法はヘーゲルでは逆立ちしていると言ったので、論敵の論理を逆立ちしていると論難することが流行した。ヘーゲルは世界史を正反合による理性の発展過程と見るけれど、実は自然がそのような発展法則を持っているのである。ヘーゲルの弁証法はその反映にほかならないと言われた。

しかしこれではヘーゲルはまるで馬鹿みたいなものではないか。

ヘーゲルはナポレオンのベルリン入城の勇姿に、「白馬にまたがった世界精神を見た」という噂話が伝わって来たのは、ずっと後になってからであった。ヘーゲルが国家理性だけが最高にして自由であると言っていることは知られていなかった。ところが自由なる国家権力が人民の不自由の上に立っているのは明らかである。この点でヘーゲルを逆立ちしているとマルクスは言ったので、人民の幸福にとって必要であった。ヘーゲルの政治哲学は簡単な操作で立て直すのを許すほど、狭い頂上に立っていたわけである。

自由はベルクソン『意識の直接与件』の中心課題であり、小林が一貫して追究して来た問題である。作家は対象や形式に捉えられるから、不自由なのである。テスト氏は自由であり、葉隠武士も自由である。自由が人間の思想の最終的形式であり、目標でなければならない。自由は脳髄と共に小林秀雄のオブセッションであった。彼が今日若い時に垣間見たベルクソンの自由を検討する気になったのに、なんの不思議はないのである。

しかし一方山田宗睦氏のように、戦争中ヘーゲル『大論理学』を読んでいたような知性が、スターリニスムから脱却して『現代認識論』を書き、『日本型思想の原像』で西田幾多郎の源流を北村透谷の時代まで遡るような傾向が現れている。現代における哲学の復活の徴候かも知れない。その他船山信一『明治哲学史研究』、大井正『日本近代思想の論理』

なども出て、西田幾多郎は鈴木大拙と関係なく、見直されようとしている。そのうち哲学的文学評論も現れるかも知れない。そして純文学と大衆文学の問題で、無智な批評家がすれ違い論争を繰り返すという現状も改められるかも知れない。

最近C・P・スノー『二つの文化と科学革命』が問題になっている。これは一昨年『エンカウンター』誌に載り、大きな反響のあった論文で、荒正人や佐伯彰一が、度々紹介しているから知っている人も多いと思う。

これは現代における物理学者と文学者との間に、共通の問題意識がなくなっている事実の指摘である。(社会科学者を加えて、三つの文化というべきかも知れないとも言っている) 文学者は原子物理学における画期的実験に全然興味を持たず、(スノーは一九五六年の中性子のスピンの方向に関する発見を例示している) その癖「屈折」という言葉が文学的散文の中で神秘的意味をもって用いられ、「偏光」が「とくに讃えられるべき光の一種であるかのように」使われていることを笑っている。(これはわれわれにとって少し耳が痛い指摘である) 一方物理学者は小説を殆ど読まず、閑暇はチェスをさし、LPを聞くのに費している。この二つの世界は共通点を持たず、しかもそれぞれの仕方で現代文明に大きな影響を与えている。「全体的教育がすすめられる」というのが彼の結論であり、現在ソ連が全世界の技術者の五〇パーセントを持つに到った事態に注意を喚起している。
これらの論点をすべて論ずるのは、この走り書的覚書の目的ではない。(興味のある方はみすず書房から、それに対する諸家の意見をつけて、訳出されているから一読をすすめる）たまたま文学者がいかに物理学を知らないかの例として、熱力学の第二法則を挙げているので、小林秀雄を思い出したまでである。熱力学の第二法則とは、簡単に言うと熱に転換されたエネルギイは、決して同じ量のエネルギイに戻らないということだが、この際失われる量がエントロピイと呼ばれる。ところで小林秀雄の忠実な読者は彼が昭和七年以来エントロピイのことを書いていることを知っているはずである。「エントロピイの極大は吾が身の死に等しく明瞭だ」(『現代文学の不安』昭和七年六月）
平野謙によると小林がプロレタリヤ文学の衰退に乗じて、それを評価したことになっている昭和十年、私は偶然霧ケ峰で小林と一夏を過したのだが、その時彼はプロレタリヤ文学とも人民戦線とも関係のないアラン『精神と情熱とに関する八十一章』を訳していたことを、以前報告したことがある。
彼がエディントン『物的世界の本質』を読んだのは昭和七年だったらしい。霧ケ峰で小林はマイケルソン＝モーレーの実験や「フィッツジェラルドの短縮」から、どういう風に相対性原理が出て来たかを講義してくれた。熱力学の第二法則とエントロピイの増大の話を聞いたのもその時である。

小林にはエントロピイの増大という事実は、エネルギイ恒存の法則を破るものと映り、宇宙の死を意味したらしい。これは上記の『現代文学の不安』に窺われるが、霧ヶ峰の薄暗い山小屋で講義する小林の真剣な顔を、私は思い出すことが出来る。

当時小林は誰にもエントロピイのことばかり話していたと見え、青山二郎なぞ、小林の顔を見ると「ほら、エントロピイが来た」なんて言っていた。戦後、永井龍男が小林にエントロピイの話を講釈されながら、鎌倉八幡横の溝に押し落される話を書いている。多分これは『新潮』の企画で小林が湯川博士と対談した昭和二十三年ではないかと思う。小林秀雄はここでもエントロピイを持ち出しているからである。

湯川博士はそれが増加しないと考える立場も可能なことを説明している。エントロピイの問題は、前世紀の後半、つまり相対性原理、量子力学以前の理論物理学に現れた矛盾であり、素粒子の整理に忙しい当節の物理学では脇にどけておかれるのが普通である。小林・湯川対談ほど論じられた文献は、例があるまい。

しかし昭和二十三年に湯川博士と対談出来る文学者が、日本に少くとも一人はいたのであり、スノーのいう二つの文化は、イギリスにおけるほど、日本では分離していないのだろうか。(もっとも私にはスノーの見解は少し誇張されているような気がする。ミサイル・ギャップに伴ってソ連の技術的優秀が問題になったから、問題は白熱したのである。物理学のファンが、文学者だけではなく大衆の中にいなかったら、あの論文は誰にも理解されなかったろう)。

湯川博士はエントロピイの解明のために自殺した物理学者もいたことを挙げて、物理学を人間的に考える立場を示唆している。大体スノーと同じ希望を表明している。これは博士の近著『素粒子』にも見られる立場で、その哲学的世代を感じさせて興味深い。

小林においても、二つの文化は分離していない。ただその結び着き方は独特である。彼の物理学への興味は、昭和十一年以後、佐藤信衛との交友にも現れている。佐藤は小林の勧誘で『文學界』の同人となった。戦後彼がどんな仕事をしているか、私は知らない。昭和十二年の『近代科学』は小林との会話の間に生れ、或る部分は小林に講義するように書かれたと私には見える。『近代科学』はデカルトから量子力学までの物理学の発展が、田辺元『科学概論』よりはずっとわかり易く書かれている本である。相対性原理は無論新カント派の立場からは説明できない。佐藤はデカルトのコギトから派生した思惟の型の当然の結果としてこれを捉えているようである。(佐藤の専門的立場を私は知らないが、恐らくその頃アランの流行に促されて、京都に発生したデカルト主義者と翻訳グループと関連があろう)。

佐藤もエントロピイは増大しない、となだめるように書いている。（私も増大しないと思う）一体小林はこういう陰惨な予想に興奮するたちである。（河上はペリクレス時代のペスト流行について、大地震でも起ったような顔附で話しに来る小林を描いているが、これも同じ精神の傾向を示すものである）その頃私は扇ヶ谷の小林の家の附近に下宿していたのだが、小林といっしょに佐藤から物理学の講義を聞きながら、鎌倉の山を散歩した記憶がある。小林は論文を書きながら、哲学的疑いが生じるとよく姥ヶ谷の佐藤の家へききに行っていた。

或る日、私は岡田春吉と鎌倉の町を散歩していて、横町から、八幡前の参道へ出たことがある。そして段葛《だんかずら》の桜並木を前かがみになって急ぎ足に歩いて来る小林の姿を見た。彼は昭和三年に初めて会った頃と同じように、頭の横っちょの髪を指でつまんで、まるめながら、（これは彼の考える時の癖である）うつむき加減に前方の地面を真直に見詰めながら、疾風のように過ぎた。段葛は参道で車馬は通らないから、車に轢かれる心配はない。私達は声を掛ける隙もなかった。また掛ける気にもならないくらい、真剣な思い詰めた顔だった。私は「ああ、佐藤の家の帰りだな」と思った。

こんな思い出話をしていても、意味もないかも知れないが、何分問題の実質的な部分について、用意がないので、こんなことを走り書きするだけである。これらはいずれも私もまた片づけなければならない問題なので、このままにすます気はない。いずれ旅から帰って考え直すつもりであるが、(ただしこんな貧弱な走り書きしか出来ない私には、その能力が具ってないのではないか、という気もしている) さし当って次のことに注意を促しておきたい。

相対性原理は周知のように、地球上における観測者の位置についての反省から発している。マイケルソン＝モーレーの実験は、地球の公転の速度を利用して、光の速度が不変であるということを証明したことにある。観測者にそう見えるのは、実験装置も地球の公転の方向に短縮しているからである。われわれは光の速度より早い速度を持つことが出来ない。

これは物理学の常識だが、小林の注意を惹いたのは、観測者の位置ということであったろう。それは湯川博士との対談で、次のように語られている。

「量子物理学で対象をどん／＼純化してゆく。とう／＼最後のものにぶつかると、見るという行為と見る対象が離せなくなるところまで対象の方をやっつけている。そういうところまでぶつかっているわけでしょう。芸術家の場合はむしろ逆に観測行為の方をどん／＼純化していくのです。認識の方を純化していくのです。そうするとやはり対象観念がだんく消えてきて、見ることを見るような境地に行くわけです。そういうふうに、やはり認識の対象と認識の作用とが同じところまで行かないと画家の眼玉というものは完成しないのですよ。そこまで行くのですよ。だから結局最近の物理学者が達している、たとえば対象の攪乱《こうらん》だとか、オペレーションとか、そういう概念も、常識的にぼくらがよくやってきたことなんですよ。つまりその途《みち》をつき進んでいくと当然そういうことになるだろう。画家は、二元論的立場から始める。写生という言葉の生れたのはそういうところにある。生を写す、生は向うにあるという。しかしほんとうの生はこっちにある。向うには物性がある。物性があるけれども、物性と生が一緒になるところまで行く、そういう行動的な立場に、画家はおります。精神と物質との相互関係を行為によって確かめていく。現代の物理学者の実験、観測行為というものを重んずる立場と非常に近いのです。ほとんど同じなのです」

ベルクソンの出た一八八〇年代は哲学は現代と同じく危機にあった。物理学のかわりに、心理学や生物学という敵があった。ベルクソンは最初は心理学者と思われてパリ大学の哲学教授になれなかったのだが、『意識の直接与件』の最後に、突然形而上学が現れる経過は、ギトン『ベルクソンの使命』に美しく描かれている。

「感想」が最初、母親の亡霊のことから書き始められた時、小林が発狂したのではないか、と思った人があったそうだが、二回から『物質と記憶』の巧みな説明が始まった時、少くとも私は、『善の研究』以来の美しい哲学的文体の出現に驚いたのである。中身がベルクソンの祖述であるかないかは恐らく問題ではないほど、小林は自分の思想として語っている。『近代絵画』も絵画自身よりは、ボードレール、ランボオに関する回想であるが、それは多分体験に密着しすぎているためか、あまり巧みに語られたとは言えなかった。しかしベルクソンについては、小林は過去に捉われずに、のびのびと無駄なく書いているのである。

小林は先頃文化勲章を受けた数学者岡潔博士の感想文を賞めていた。中身は正確に覚えていないが、「どうもこれではちょっといかんと思いましたので、昔やりかけていたことを思い出し、引っぱり出してやることもあります」というような言葉である。

数学の領域における問題がどこにあるかは別として、小林はこういう座談的ないい方の奥にある、孤独の思索者の作業に対する共感があったのである。

小林秀雄はその出発点から大正の観念論と違っていたわけだが、相違は簡単にいうと次に要約されよう。

まず形而上学に対する本能的な嫌悪があった。それは小林という強力な生活者の常識の命ずるところであり、文学的感受性と肉感から出ている。彼はベルクソンと同じく心理学の領域に止るのであるが、一方心理小説に対する嫌悪もまた一貫している。人間の心理の奥に生理を見させるのも、再び常識である。

彼は作家の創造の原理を「生理の秘密」といったことがある。この場合「秘密」とはむしろ否定的な契機で、創造の過程には論理的な解釈を拒否する実在があるという意味である。

こうした実体を仮定すれば、あらゆる観念学は観念の無政府主義的な戯れとなる。彼の初期の批評は、むしろ「言語」という顕在化された観念を実体とみなすことから出発している。これは神秘的機能主義である。

彼の批評は言語という実体の無政府主義的関係をたどる。その結果作家の創造物としては虚無しか残らないが、作家の創造の過程が、異様に精緻に現実的に記述されることになったベルクソンと同じように直観と自由の形而上学が生れたのである。

理性は形式であり、直観が内容であるとすれば、直観には、彼の生理と共に、伝統が住んでいなければならない。最近の小林は、文藝春秋の「考へるヒント」で、徂徠から諭吉にいたる東洋的思考について、「天」について語ることの方に、「感想」より一層の感興を覚えているようである。「天」は中村光夫によれば二葉亭四迷の文学論の根柢にあった。田中耕太郎の自然法の根柢にもある。

ハイゼンベルクの近著『現代物理学の思想』では、リアリティが問題になっている。相対性原理にそれはないが、量子論にはある。湯川博士はプランクの常数を相対性原理より重大な発見だと言っている。そして文学が観測者と対象の一致の問題なら、リアリティは常に新しい問題であろう。アンチ・ロマンもダレルもこの点でだけ、我々にとって関心の対象になり得るのであり、この点で「私小説」は見直される。これはわれわれの生んだ文学の中で、主観と客観が最も一致した型である。

（一九六二年六月）

小林秀雄の書棚

小林秀雄の批評の先駆として、正宗白鳥が大正末から『中央公論』に連載した「文芸評論」、佐藤春夫「わが一九二二年」「退屈読本」などを考えるのが通説のようであるが、私が一九二八年に彼にはじめて会った時の印象では、少し違う。系譜を辿るのも有益であるが、差違を探る必要もあろう。卑見によれば、正宗や佐藤はいわば物質主義的合理主義者であるが、小林はベルクソン流の精神主義者である。その仮借なき分析と論理的追求は、それまで私の読んでいた日本の批評とははっきり異質なものだった。

正宗や佐藤の論理の先にあるのは、常に人間であり、美であった。初期の小林の論理の先にあるのは「主調底音」であり、「虚無」だった。

ところで、その頃までにどんな文芸理論があったか。大正期は案外多くの外国の理論が翻訳されていた。大正二年泡鳴訳シモンズ『表象派の文学運動』(新潮社)と「ランボオ論」との関係、大正九年工藤信訳シェストフ「虚無よりの創作」(『チエホフ選集』附録)

などについては、度々書いた。その他当時出ていた書目を思い付くままに列記して見る。

ブランデス『十九世紀文芸学の主潮』（吹田順助訳。大正十四年）
　始めの部分だけが訳出されていた。フランスのスタール夫人等エミグレ文学とドイツロマンチスムに関する記述が、斬新な印象を与えた。

センツベリイ『フランス文学史』（二冊本・訳者出版年次不明）
　イギリス人の書いたものだが、外国人の方が公平で総括的に見られると、小林は賞めていた。

ギヨオ『社会学的に見たる文芸』（井上勇訳）
　これは小林はつまらなかったと言った。

スピンガーン『創造的批評論』
　著者はドイツ人と思っていたが、平野謙の記憶ではアメリカ人。多分平野が正しい。批評が表現であるという観念の走りであるが、中味はあまり面白くない本であった。

ニーチェ『悲劇の発生』

ツルゲーネフ『ドンキホーテとハムレット』

メレジコフスキイ『トルストイとドストエフスキイ』

その頃あった唯一のドストエフスキイに関する批評らしい批評である。

同じく『神々の復活』

これは小説だが、レオナルド・ダ・ヴィンチの伝記でわれわれはルネッサンス研究と受け取っていた。

三木清『パスカルに於ける人間の研究』

神を信じるか信じないかについての「賭」の観念の分析が、新鮮であった。この本を小林は初期の論文で挙げている。

ベルクソン『創造的進化』『意識の直接与件』『物質と記憶』

小林によればベルクソンは詩人である。

このほかフランス語の本では、ジイド『パリュード』、ヴァレリイ『ヴァリエテ』、リヴィエール『エチュード』、アラン『観念と年齢』（*Les Idées et les Âges* 1927. この本は当時白水社にいやに沢山来ていた本である）があった。これらがこの時期の小林の批評の方向を決定したと見做すべきである。

ボードレールの評論は、あまり論理的で面白くないと考えていた。ランボオに関しては、鈴木信太郎訳詩集『近代仏蘭西象徴詩抄』（大正十三年）には、クローデルの『ランボオ詩集』序文の一部、特に歩行者の放心と幻覚に関する条《くだり》が、五十行ばかり訳出されていた。当時のシモンズと共に、日本語になっている唯一のランボオ論であった。

リボオ『記憶の変態』

ベルクソンと共に小林の心理学における源泉。

ポアンカレ『科学と方法』（岩波文庫）

ポアンカレが或る重要な仮説を、馬車に乗ろうとして、ステップに足を踏みかけた時思いついた、という挿話を、小林は熱心に話した。これは直観であるが、それは長い間の研究の結果来たものである。霊感は探求の結果来るという考え方。

デュ・ボア・レーモン『自然認識の限界について』（岩波文庫、絶版）

この本はベルクソンにも引用されているが、頭脳という生理的局所に諸観念が宿るという考え方の矛盾に関するものである。

これらの本の内容と、小林の初期の思想との間に、一対一の関連を考えるのは無意味だが、当時の知的環境を示すために記した。

マルキシスム芸術論の話は出なかった。「物質への情熱」に『資本論』が引用されているのを見て、私は少なからず驚いた。

なお最近の吉田凞生氏の発見によれば、昭和五年『作品』誌上の深田久弥「オロッコの娘」評の中に、日本文学史でプロレタリヤ文学が果した意義について、積極的な評価があるという。昭和十年代、プロレタリヤ文学衰退の気運の逆手に出て、評価したという平野謙の仮説は維持出来ない。

（一九六二年九月）

人生の教師

小林秀雄の名は、現代日本文学の中で、異常な重さを持っているが、その異常さは必ずしも理解されているとは言えない。小林は文芸評論家、批評家に分類されるのが普通である。しかし毎月生産される小説の評価を行う月評家の役目は、戦争中からやめてしまっている。ドストエフスキイの作品研究のほかは、文学を論ずることすら稀になっている。「モオツァルト」「私の人生観」「ゴッホの手紙」「近代絵画」「感想」「考へるヒント」「本居宣長」など、彼の戦後の仕事を列記すれば、それが主として音楽、絵画、哲学に関するものであることがわかる。ただその考察は、深いところで文学につながっていて、文学者の創作態度および読者の趣味に強い影響を与えているから、文芸評論家と呼ばれるにすぎないのである。

そこには考え抜かれた堅固な思想がある。文体に一種の優しさ、柔軟さがある。これは特に「無常といふ事」あたりから顕著になった特徴である。この優雅の源に関して、よく生得の詩人といわれることがある。なるほど中将姫の変貌を書く「当麻《たえま》」は散文詩と呼んでもよく、「中原中也の思ひ出」の中の海棠《かいどう》の描写、或いは一般に自然を描写する時、小林の筆が詩趣を帯びるのは事実である。初期の批評活動は小説に対する不信感を原動力としていた。その興味は、はじめからボードレール、ランボオなど詩人に集中されていた。これらの傾向は詩人的気質を指示しているかも知れない。しかし私は詩を書かない人間を詩人と呼ぶのには、反対である。「詩的なもの」は、文学一般、あるいは音楽、絵画にも遍在すると見做されるもので、この数世紀来形成された抒情詩から抽出された特質にすぎない。それを、逆に芸術一般に敷衍したものにすぎないからである。

人間はその在るものではなく、その行ったことによって、裁かれねばならぬ。素質よりは、それがどう仕事に現われたかが問題である。ランボオの生涯を語っても、モオツァルトの作品を語っても、小林の注意が、素質と環境との戦い、天才が現実という「物」と交渉して、作品を創り出す、その内部の運動に向けられているのを知ることが出来るだろう。ランボオとヴェルレーヌ、ゴッホとゴーガンの天才の衝突を見る眼は、劇的ということも出来る。これらの素質はそれぞれ小林の作品を生むのに参加している。しかしそれを列挙するだけでは、小林秀雄という人間の業績を蔽《おお》うには足りないと思われる。

小林秀雄の経歴はすでによく知られている。読者は「年譜」を読んで、その生涯の諸事件と作品の制作年代を確認すれば十分であろう。明治三十五年、東京の生まれ、江戸っ子といわれることがあるが、父方に播州人の血があることがわかる。宝石作りの技術者であった父豊造から受けた、美しいものの最上のものに対する愛、あるいは技術者の精神を見る方が気が利いている。しかし私はこういう神秘的な血を強調する気はない。くどいようだが、小林の仕事自身が、そういう単純な系譜作りを拒否しているからである。

これまでの多くの「小林秀雄集」は、三十五年を越える小林の文学的業績を網羅的に並べるのが普通であるが、私は初期の批評活動からは「ランボオ」「志賀直哉」を採るにとどめ、昭和十七年の「当麻」「無常といふ事」以後、「モオツァルト」から最近の「考へるヒント」に到る文章を選ぶことにした。

その理由は追い追い明らかにするはずだが、簡単にいえば、小林は昭和十六年ごろから、意識して文壇から遠ざかっていた。「私の人生観」や近著「考へるヒント」などの題名が示すとおり、むしろ人生の教師・現代のソクラテスの位置を取っているのである。その引退の結果と、今日の文学界の例外的な位置をよりよく示すのは、これらの作品であるという判断に基づいているのである。そしてこの地位が決して楽に保たれたものでもないことを、見て行きたいと思う。

小林が戦争中、菊池寛らの銃後運動に加わって、かなり活潑な活動をしたことは広く知られている。そして太平洋戦争がはじまる少し前から、それらの運動、あるいは文学報国会の活動に積極的な参加を拒み、自分の世界に閉じこもってしまったこともまた知られている。戦争下の便乗的文士や情報部関係の軍人に愛想をつかしたせいもあるが、戦争と政治から離れ、孤独の中に生きることを自己に要請したのである。「当麻」「無常といふ事」「西行」「実朝」「徒然草」など、日本の古典に関する文章はこういう孤独から生まれた。それは戦時下の古典再認識の風潮に乗って書かれたものであるが(小林の活動には、外的状況への柔軟な適応性・即興性がある)、その底に明確に意識した孤独が窺われる。

そのころ、ゼークトというドイツの軍人のことを書いた論文があるが、そこで小林が指摘しているのは、軍人の専門性というべきものである。文学者もまた文学の専門家でなければならぬ、そこからはみ出してはならぬという、至極当然のことでありながら、戦中戦後の政治的時代に、人がとかく忘れがちだった判断がある。

「当麻」「無常といふ事」の比類のない美しさはこういう目醒めた孤絶から生まれている。たまたま観た能に関する感想という形を取っているが、「当麻」の老婆が死んだ仔猫を下げている、というような幻想には、なにか不気味さがある。孤独に立て籠った結果、個人的な存在の根源的なものが現われてきたのである。

「実朝」はこのすぐれた若い歌人が、どうして政治の陰謀から離れ、自分の歌心を守ったかを、歴史的文献を踏まえて実証したものである。いい歌を作るには、ただ才能があるだけでは足りない。自分を守ることが、どれだけ大事であるか、という点に小林の注意が向けられている。そういう対象の完全な肖像を描き出すことに、注意と努力が集中されているのである。


ランボオ、実朝、モオツァルトと小林が扱った主題を並べて、彼には若く死んだ天才に対して偏愛があると指摘される。ここに彼の「父性」的心性と行動形態を見るのも自由である。しかし、小林はこれら小児的存在について、その天才の自発性とともに、必ずその無垢を守る忍耐を曳き出していることを見落してはならない。

このように繰り返し描かれる努力と忍耐の動機は、これら天才たちの創造の秘密について、真実を語っているだけではなく、小林秀雄という存在の動機を示していると私には思われる。

忍耐は、ランボオの場合を除き、告白されなかった。同じように小林秀雄も告白しない。

彼の若いころからの小説嫌悪は、一つには絵空事を作って、読者を誘惑するという行動に対する嫌悪であるが、告白によって、自己を誇示する心性に対する嫌悪でもある。小林は告白することを自分に禁じているので、その文章のうちに、作者のいわば後ろ姿を捉えるほかはないのである。

小林は、人生の教師として、人間の生き方、考え方を教えてくれるだけではない。また隅々まで神経が行き届いた文体によって、われわれを諾《うなず》かせるだけではない。一つの男らしい不変の視点に貫かれた作品を、引き続いて生む努力、忍耐の主体として、われわれの前にいるのである。

「ある人の書いたものより、その後に残っているものの方がずっと多い」というのも小林がよく繰り返す言葉である。小林は若くして男女のことについて、深刻な経験をしている。それは告白に適さないだけではなく、告白すれば嘘になる、という性質のものであった。人間の醜さについて、一番よく知っているのはこの作者である。彼が見たのは、人間の表向きの醜さを描いた多くの現実暴露の小説を、嘘と感じさせるような種類の醜さであった。

これら作者の深い感情に根ざしたものは、必ずしも言葉となって現われるとは限らないが、スタイルにはふくまれている。そしてこの特異な批評家の比類のない説得力を生んでいるのである。必ずしも小林が熟練した文章の制作者であるためではない。

「モオツァルト」は、書かれたのは戦後だが、昭和十八年ごろ構想された。つまり「実朝」と同じころである。実朝の「箱根路をわれ越えくれば」に、悲しさを見出したと同じく、「モオツァルト」はト短調五重奏曲に tristesse allante（歩きまわる悲哀）を見出したことから始まる。これはスタンダールが一八一四年に書いた「モオツァルトに関する手紙」、アンリ・ゲオン「モオツァルトとの散歩」（一九三二年）とともに、モオツァルトの音楽の本質を憂愁、つまり短調に見る意見の系列に属する。そしてこれら西欧の解釈の間に伍して引けを取らない堅固な構成を持っている。特にウィゼワの研究も未完で、アインシュタインの本もやっと出たばかりという時期に書かれたモオツァルト論として、文献的な価値も持っているのである。

終戦間もなく、各種のレコードも今日のように出廻っていなかった。文献を借り集め、譜を写したりしながら書かれたのである。この「肉体の占める部分は能うる限り少なかった天才」（スタンダール）についての、純粋な一つの旋律に貫かれた讃歌である。「実朝」にも作者の孤独の影は差しているが、そこには伝統の上にあるという安定感があった。「モオツァルト」はコスモポリタンであったが、とにかくオーストリア人であり、カトリック信者であった。しかも西欧音楽という、われわれの存在との関係が、すこぶる疑わしいものを素材としている。私は小林がある外国人に向って、「あれは自分の渇き soif を現わしたものだ」というのを聞いたことがある。こういう風に自分の仕事を明白に意識しているのも、小林の精神の特徴であるが、この理論家の不断の探究の底には、一つの人生的な渇きがあって、推進力となっていると考えられるのである。

「モオツァルト」は短い断章から成り、各章は一見関連がなく、論旨は飛躍しているように見えながら、内面的論理によって説得的な系列を形づくっている。これはおそらくヴァレリイの「ドガ、ダンス、デッサン」から学んだ手法であるが、章を繋げているのは、依然として小林という人間の精神の息吹きである。言葉の論理的結合よりも、対象の記述、あるいは多数の命題の、調和と反響によって一つの説得と感銘を作り出すという、「当麻」あたりから、意識的に取り出した方法が、モオツァルトという宇宙的な存在を素材として、最も豊かな音色とリズムを出す幸運に恵まれたといえよう。「モオツァルト」を小林の批評活動の頂点におく意見があるのは当然である。

終戦直後二、三年は、日本の文学界が異常な緊張の裡にあった時期である。谷崎潤一郎、永井荷風など大家の復活、野間宏、椎名麟三などいわゆる戦後派の進出があり、坂口安吾、石川淳など無頼派の流行があった。その中で小林は「当麻」以来の古典的な態度を守っていた。新しいジャーナリズムと絶縁すると宣言し、創元社から定価百円の高級季刊誌『創元』を出した。「モオツァルト」はその第一輯（二十一年十二月刊）に載ったものであった。第二輯は二十三年十一月まで出なかったが、「『罪と罰』について」はそこへ載った。

小林は昭和十年以来、『文學界』に「ドストエフスキイの生活」を連載する一方、「白痴」「罪と罰」「悪霊」などについて、個別的作品研究を発表していた。これは小林の仕事の中で、一番長い時期にわたるものである。「ドストエフスキイの生活」の方は、十四年に出版されたが、作品研究の方は、今日でもついにまとめることが出来ずにいる。これは最近のベルクソン研究（「感想」昭和三十三―三十八年）とともに、彼の二つの未完の仕事である。なんでも突きつめて考え、またそれをやり通す小林としては珍しいことである。それだけ対象が複雑で難しかったのである。

「罪と罰」については、昭和九年五月『文藝』に同じ題で一度書いている。十四年ぶりに同じ主題に取りかかったのである。

ネヴァ河の日没を見るラスコオリニコフの孤独から書き始められている。これは昭和九年の論文でも主調となっていたもので、小林の精神生活、その渇きと深い関連があることを示している。

読者はここに「罪と罰」の、ほとんど完璧な再現を読むことが出来る。「罪と罰」はドストエフスキイの作品中、最も通俗的で、お望みなら推理小説的であるといってもよい作品だが、しかしドストエフスキイは殺人の真の動機——一人の病んだ知識人が、その病んだ意識のために、殺人を犯し、売笑婦に告白するに到る経過を、推理小説や三文恋愛小説の読者にも、すぐわかるようには書いてはいない。これは解説を要する作品なのだが、それがこれほど完璧に遂行された例を私は知らない。

小林は対象自身をして語らせるという新しい批評方法によっている。小説「罪と罰」について評論し批評しているのではない。物語をドストエフスキイの真意と思われるものに従って書き直しているのである。その経過で自然に問題点が浮かび上る。ネヴァ河を見るラスコオリニコフと、若き日の小林の心性との間に対応する部分があることは疑いないが、問題はそれに尽きたわけではない。

ドストエフスキイについては、昭和十年代にシェストフの解釈が流行した。「地下生活者の手記」や「悪霊」との関連で、副人物スヴィドリガイロフに重点をおく意見である。小林の論文では、パスカルの「考える葦」を援用しながら、考える人間ラスコオリニコフの不幸の地獄絵に重点がおかれている。彼が牢獄にあって「自由になってしまった」こと「自負心を持ち堪《こた》えられなかった」という一点だけにしか、自分の犯罪を認めなかったことが確認される。

「情熱が人を噛むように、理性もまた人を傷つける。ラスコオリニコフを駆り立てた『デモン』は、否定的な破壊的な意志ではなかった。充たされることのない真理への飢渇であった。彼の絶望は、そこから来るからこそ、癒し難いのである。」

ふたたび渇きである。小林は十七歳のドストエフスキイが兄のミハイルに「発狂するつもりです」と書いたことを指摘する。意識的な発狂はランボオの錯乱とともに、若い小林にとって、唯一の合理的な生き方と映ったらしかった。発狂志向は三十年たって、はじめてしかるべき位置におかれたといえる。

これはドストエフスキイの作品の評釈というよりは、その拡大である。同時に小林の自己確認でもあった。シベリヤの流刑地で、丸太の上に腰かけて黙想するラスコオリニコフについて、「一切の人間的なものの孤立と不安を語る異様な（これこそ真に異様である、と小林は注をつける）背光を背負っている」と書く時、小林は彼自身の背光を指示していると見做すべきである。

「（背光は）見える人には見えるであろう。そして、これを見てしまった人には、もはや『罪と罰』という表題から逃れることは出来ないであろう。作者は、この表題については、一と言も語りはしなかった。しかし、聞えるものには聞えるであろう、『すべて信仰によらぬことは罪なり』（ロマ書）と。」

これは聖書をよく読んだ者の引用であるが、その後、信仰の問題は、ドストエフスキイについても、彼自身についても、追及されなかった。「白痴」や「カラマゾフの兄弟」の研究が、未完成に終ったのも、神の存在の問題が、彼がラスコオリニコフの飢渇を追及したと同じ規模で追及されないからである。これは日本でキリスト教の神を考える者が必ず陥る袋小路である。小林はただ立ち止まるという自由を手に入れていた。おそらく「本居宣長」で最も日本的に解決されるであろう。

昭和二十三年秋、小林は「新大阪新聞」の招きで、大阪で講演した。「私の人生観」はその趣旨を敷衍したものである。小林はもともと卓《すぐ》れた座談家であり、講演者であり、しばしば講演の速記を加筆して、論文とする。本集の巻尾の「常識について」もその一例である。従って実際に話されなかったことが、談話体によって表現されるという結果を生むのであるが、それなりに新しい説得的なスタイルとなって、小林の評論にヴァラエティを与えている。

「私の人生観」というのは新聞社が与えた題であったが、ちょうど四十六歳という彼の最も円熟した時期にあたっていて、人生全般について、総括的見解を展開する機会となった。

これを本集の巻頭においたのは、教育者としての小林の思想、現在の「考へるヒント」に繋がる態度が、端緒的に現れているからである。

　小林はまず「人生観」という外来語が、日本において独特な定着の仕方をした点に眼をつける。現代のどんな片隅の生活者も、なんらかの人生観を持っている。それはしばしば一つの信念に固定する傾向がある。これは、彼等が浮動的な階層であるという偏見を捨てさえすれば、容易に観察されることである。その信念が「人生観」という言葉に定着されるのは、仏教の「観」という思想、というよりもむしろ行為としての思考形態が、伝統の中にあったからである。それは観する者の体験と密着しているので、主体を離れて、思考の内容を云々するのは意味がない。

「西行の歌には諸行無常の思想がある、一切空の思想がある。そういう風に言うなら、そんなものは、当時の歌に、どこにでも見つかるだろう。一切は空だと承知した歌人は、当時たくさんいただろうが、空を観ずる力量にはピンからキリまであって、その力量のほどは、歌という形にはっきり現われるからごまかしが利かぬ。空の問題にどれほど深入りしているかを自他に証するためには、自分の空を創り出してみなければならぬ。こうなると、問題は、尋常の思想の問題とは自ら異なったものになるはずである。」

　思想というものは、概念の系統づけではなく、その人の生活体験と密着したものである。

これは小林が若年期にみずから経験を通じて知ったことである。ランボオ、志賀直哉、モオツァルト、ラスコオリニコフも別には見なかった。ただ、それを「力量」というところに、小林の技術者の精神、あるいは実行家の精神が現われているといえる。

伝統とはこういう孤立した一流の個人の、不連続な実行の跡を数珠つなぎにしたものにほかならない。一流の人物とは、時代と社会の諸問題を、彼自身の問題として感じることが出来る「才能」を具えた人間にほかならない。これらはその残したものの表面に羅列的に現われているとは限らないので、それらの人物の挙げる「眼の光」とか、作品と行動との全体の中に探らなければならない。この時必要なのは、概念による分析ではなく、「観」あるいは「直感」である。東西古今の一流の人物を、小林はいつもそのように見て来た。小林自身もそのように理解されることを欲しているのである。

若い小林には「雑誌屋を兼業している通俗作家にすぎない」と映った菊池寛が、自ら文学的行為を重ねた後では「現代日本の代表的作家」に見え、一般文士に欠けている常識実行家としての直感から共感が生じた。こういう本当の偉さは深く隠されていることがある。小林には昭和十二年に有名な「菊池寛論」があったが、戦後「菊池寛文学全集」の解説がある。菊池の作品と同じく簡明な解説だが、その中に菊池寛自身の独白めいた部分がある。

彼が対象の内部に見たものを、その対象自身に語らせるという、『罪と罰』について」と繋がる方法である。ただ対象が実在の人間である場合は、奇妙な声調模写となり、異様な印象を与える結果になった。

歴史、あるいは因果の理法は「自然界の出来事のみならず、人間の幸不幸の隅々まで滲透しているが、（中略）心ない理法というものを、人間の心が受け容れることはまことに難しいことである。（中略）私たちの心の弱さは、この非人間的な理法を、知らず知らずのうちに、人間的に解釈せざるを得ない。因果話や宿命論が現われるのも、そういう理由によるものと思われます。」しかし科学思想はそんな曖昧な解釈を許さず、因果律は非人間的な姿で人間の上に君臨している。「ということは、私たちが、まともに見ることの出来ぬものから、眼を外らしてしまったということだ。」われわれは過去を思い出すことすら出来ない。過去を知的に再構成することに頭を奪われ、いわば時間そのものを見失うのである。「今日のような批評時代になりますと、人々は自分の思い出さえ、批評意識によって、滅茶滅茶にしているのであります。戦に破れたことが、うまく思い出せないのである。」

人間は政治的動物だとは古の賢人の洞察であったが、彼が現代に生まれたら、政治の動物性を警戒せよというかも知れない。政治家は文化の管理人であって、その生産者ではない。

「文化活動とは、一軒でもいい、確かに家が建つということだ。木造建築でもいい、思想建築でもいいが、ともかく精神の刻印を打たれたある現実の形が創り出されるということだ。そういう特殊な物を作り出す勤労である。手仕事である。」

批評は物に衝突する精神の手ごたえにほかならない。事に当って自ら試すという面倒を省くことから、言葉に対する軽信が起る。真に疑うのは、実行家に限られている。実行家は現実を畏敬することを知っていて、行為には常に理論より豊富なものが含まれている。

小林は宮本武蔵の五輪書にある「観の目」と「見の目」の違いを論じて、「私の人生観」を終っている。昭和二十三年という時点で、この考え方がどんなに孤立したものであったかは、容易に察せられよう。しかしこれらすべては小林秀雄の四十六年の経験の中にあることであり、実行家の経験から出た言葉として、比類ない説得力を持っていた。「人生観」を持つとは、自由を持つことだ、と小林は言っているのである。それは戦後三年目に直接彼の声を聞いた大阪の聴衆を魅了しただけであったが、「考へるヒント」として昭和三十四年ごろから『文藝春秋』に断続して発表された随想、「プルターク英雄伝」「プラトンの『国家』」「忠臣蔵Ⅰ Ⅱ」、或いは目下『新潮』に連載中の「本居宣長」となって、今日の読者を教えているのである。

終戦後の民主主義華やかなりしころに発表された「私の人生観」は、徒党を組んだ歴史的現在の軽信者に対する痛烈な批判と抗議であったといえよう。その態度は、今日まで一貫している。それを反動と呼ぶのは容易なことだが、この堅固に組み立てられた思想を抜くには、おそらく性急な戦術的理論では十分ではないだろう。

もっとも小林の側としても、民主的な「歴史の軽信者」や「徒党を組んで乱をなす不平家」に対する言及は、もはや不用だろう。他者を描くことによって、自己の輪郭を明らかにするのは批評技術の中にあることだが、不平家達は小林の立場からは、とっくに論破されていて、もう相手にする必要はないはずだからである。集団的な邪悪が「悪霊」の豚の規模に達しないかぎり、問題になり得ないはずである。

小林は昭和二十七年から二十八年へかけて、ヨオロッパに旅行した。彼の紀行文は戦争中の満洲、支那の印象記ですでに定評があった。いわゆる観光客の空しい好奇的な観察、ガイドブックによる偏見などに囚われない「観の目」によって、無類の公平さに達している。「物に衝突して精神の手ごたえ」を常に感じようとする、批評精神によって書かれているのである。これが本集に収められた「ギリシアの印象」「ピラミッド」、最近の「ソヴェトの旅」に著しい特色である。

小林は今日出海といっしょに、ひと通り観光地ルートを通っただけで、文学的旅行者のように、ボードレールやランボオの墓を訪ねたわけではない。ただ各地の美術館を丁寧に廻り、不便を冒してエジプトの奥地やギリシアの辺境地方まで行った。

「近代絵画」は、この旅行ではじめて見た西欧の絵画に触発されたものである。小林は紀行文を書くかわりに、自分の美感の形成をたどり直している。冒頭のボードレールに関する章がそれである。しかし小林の考察は美術批評家としてのボードレールだけでは終らない。この十九世紀中葉のフランスに現われた欠点のない批評精神が、若い小林の精神形成にどんな役割を果したかは、「ランボオ」の中で回想されている。

「この比類なく精巧に仕上げられた球体（悪の華）のなかに、僕は虫のように閉じこめられていた、（中略）僕は、ドオムの内面に、ぎっしりと張り詰められた色とりどりの壁画を仰ぎ、天井のあのあたりに、どうかして風穴を開けたいと希った。（中略）そういう時だ、ランボオが現われたのは。球体は砕けて散った。僕は出発することが出来た。」

この部分はしたがって小林が自ら破壊した過去の再建の意図を含んでいるのだが、小林は思い出すのに幾分の困難を感じているらしい。珍しくその筆に苦渋の跡が見出される。続いて、マネ、セザンヌ、ゴッホ、ゴーガンなど、十九世紀印象派の大家の仕事、特に人間と仕事とが危機的に交わる点が注目される。絵画は小林にとって観賞の対象以上のものである。それは「私の人生観」で「観」に注目し、物の「姿」を強調した態度にも現われていた。

「諸君の眼の前にある絵は実際には、諸君の知覚の根本的革命を迫っているのである。」と小林は断言する。「知覚を概念に仕上げるに際し、何か豊富なあるものが失われざるを得ないということを、真面目に考えてみるはずである。それならば、知覚から概念に飛び上ろうとする同じ意志の力が、逆に知覚の中にどこまでも入り込み、およそ知覚するものは何一つ捨てまい、いや進んでこれを出来るだけ拡大してみようという道がありはしないか。もしそういう道から哲学が出来上るなら、恐らくは哲学のシステムは一つで足りるであろう。」

この考えを小林はベルクソンから得たという。小林は「近代絵画」に続いて、『新潮』に「感想」を連載したが、そこでは「私の人生観」と同じく、哲学者の専門語をかりずに哲学が語られていて、現代の日本語として、特異な達成をしめしていた。視覚は物とともに生きるが、科学はそれを分析し操作するだけである。この範疇的なギャップを乗り越える力が、人間の意志にあるかどうかは疑わしいにしても、優れた画家は制作によって、こういう作業を行っていた、というのが小林の直感である。

無論、小林は意志を信じている。その力学的関係は「近代絵画」のセザンヌの章で、最も迫力をもって描かれている。小林に随って天才たちの制作の劇に立ち会わされる読者は、呑気で天衣無縫なルノアールの章に到って、ひと息つくに違いない。それほど文体は緊迫し苦しげなのである。

「近代絵画」の終りの三分の一を占めるピカソの章では、ヴォリンガーの理論を引用しつつ、この二十世紀の怪物を料理しようとしているが、十九世紀の巨匠を語るのと、同じ感興が伴わなかったようである。理解し分析しよう、との志向が先に立ち、セザンヌの場合のような共感がないように見えたためであろう。

小林はこのころ五十歳をすぎていた。ドガの章の終りにドアの戸がしまるように、自己がしまる五十歳について書いている。あるいは突然語るのをやめたソクラテスのダイモンを語る時、小林は自己を語っていたのかも知れない。自分の姿をそれとなく示すのは、小林の良心だが、それならば「近代絵画」は巨人的な努力の末に築かれているのである。そして小林の文章がわれわれを打つのも、常に読者の胸に訴えるのも、こういう意志の力である。

小林の努力はその後も「感想」で続けられるのだが、たまたま『文藝春秋』に今日「考へるヒント」としてまとめられている随想を断続して書きはじめた。雑誌の性質上、きわめてわかりやすく、噛んで含めるように書かれている。これはあまり深く哲学の雲の中に分け入った小林が、大地との接触の試みのようなものであった。随筆は多くの読者を得、小林の本ではじめてのベストセラーとなった。

最近の岡潔氏との対談「人間の建設」に到って、その人生の教師としての姿は、ますますはっきりして来たと思われる。小林には別に湯川秀樹氏との対談録もあるが、現存の文芸評論家で科学者や数学者と、相手のグラウンドで対決出来る人物はほかにはいない。こういう専門外の知識を、自己の発展の必然と必要によって、蓄積したところに、小林の才能があり、偉さがあるということが出来る。

小林の孤独な精神には、出発点から、自己の絶対化、単性生殖による不毛、思考の型の固定の危機がないわけではなかった。それらを絶えず実行によって乗り越える忍耐と努力が重ねられて来たのである。真の偉さのしるしと言えよう。

（一九六五年十一月）

Xへの手紙

この巻に集められたのは、著者の初期の論文、小説である。私は昭和二年頃からその一部を読み、強い影響を受けた。いま読み返すと、渋谷の家の勉強机の上へ、「人生斫断家ランボオ」の載った『仏蘭西文学研究』（大正十五年）を展《ひろ》げて、一字一句鉛筆で筋を引きながら理解しようとしている私自身の姿が眼の前に浮んで来る。この作品は何年何月、著者何歳の時に、これこれしかじかの状況の下に書かれた、というような解説の常道に従う気になれない。

十八歳の私が何を考えていたか、どんな悩みを持っていたかは、ここに書く場所ではないが、とにかく当時まだ東大生だった小林さんの書いた文章は、私の人生と文学に対する考えを一変させたのである。

《創造といふものが、常に批評の尖頂に据つてゐるといふ理由から、芸術家は、最初に虚無を所有する必要がある》（ランボオI）

《宿命といふものは、石ころのやうに往来にころがつてゐるものではない。人間がそれに対して挑戦するものでもなければ、それが人間に対して支配権をもつものでもない。吾々の灰白色の脳細胞が壊滅し再生すると共に吾々の脳髄中に壊滅し再生するあるものの様である》(同右)

今の若い人はこれらの文章をどう読むか知らない。しかし当時、自分の文学をどう書くか、ということに、頭を悩ましていた私にとって、これは新しい展望を開いてくれたものだった。

私が今日までこれらの教えに忠実だったとはいえない。芸術家の意識の前に、素材として現前する「虚無」という考え方は、スタンダールにはない。恐らく自然主義の残映のうちにあった当時日本の多くの文学者にとっても同じだったであろう。

「そこで、あらゆる天才は恐ろしい柔軟性をもつて、世のあらゆる範型の理智を、情熱を、その生命の理論の中にたゝき込む。勿論、彼の錬金の坩堝《るつぼ》に中世錬金術士の詐術はない。彼は正銘の金を得る。ところが、彼は、自身の坩堝から取出した黄金に、何物か未知の陰影を読む。この陰影こそ彼の宿命の表象なのだ」(同右)

虚無ではあるが、ただの虚無ではない。そこにあらゆる人生の可能性をはらんだ豊かさがあるとすれば、これは存在自身と言い替えてもいいはずである。

それを殊更「虚無」と見る立場には、一種の公平性、観照性がある。その多様さをもって、少年を悩ます現実に対して、芸術家の技術的立場を保証するものである。これは小林さんの出発点であったらしいが、同時に自分の不毛が気にかかっていた私には、爽快な解毒剤のような作用を齎《もた》らしたのであった。

この創造的虚無は「人生斫断家ランボオ」よりも、翌昭和二年十一月『仏蘭西文学研究』第三輯に書いた「『悪の華』一面」により精妙に書かれている。ボードレールとランボオは文学史的に前後関係にあるが、小林さんの中でも前後関係がある。「ランボオⅢ」(昭和二十二年三月)によれば、小林さんがランボオを知ったのは、大正十三年春で、自らそれを「事件」と呼んでいる。彼はそれまでボードレールの美的世界に閉じ込められていたのだが、そこへランボオという「途轍もない通行者」が現われて、「殻は破れ、私は出発することが出来た」という経過であった。「自然は寺院で、生ける如き円柱は、不分明な言葉で話しかける。人は象徴の森を過ぎ」このボードレールの有名な詩句に代表されるフランスのサンボリスムを貫いて、ランボオは歩き、それを二十世紀的未来に解放したということが出来る。その素速い創造と「美神と刺し違へた」行為によって、新しい芸術が創造されたと考えられた。

小林さんの場合はランボオの行動の意味を確めたあとで、ボードレールを回顧したことになる。「『悪の華』一面」の短い文節が各〻独立しながら、緊密を論理的な繋りを形づくる構成は、『ヴァリエテⅠ』（一九二五）の「レオナルド方法序説覚書」に似ている。多分小林さんがこの頃ヴァレリイを読んだということと関係があろう。

これも私にとって大事な論文だったが、小林さんはなぜかいままで全集に入れなかった。恐らくあまり形式的に論理を追いすぎた構成に不満だったのと（彼にとって論理は情熱でなければならない）、すでにランボオと彼自身が踏み越えたものを、もう一度回顧した文章に重要性を認めなかったからであろう。近頃この論文が方々で引用されるようになったので、始めて収録するのを承諾した。

小林さんは最初からこの論文には不満だったらしい。私が会った昭和三年には、「未完」と書いたのだが、『仏蘭西文学研究』の編集者草野貞之氏が「終り」としたのだといっていた。論旨は一応完結しているが、なお言い落したものがあると作者は感じていたのである。

以来小林さんはボードレールは戦後の『近代絵画』（昭和二十九年）まで取り上げないが、ランボオについては、何度も書いた。『地獄の季節』と『飾画』の散文の部分を翻訳した。『地獄の季節』は昭和五年に白水社から出版、その後『飾画』と共に岩波文庫『ランボオ詩集』とし、度々改訳している。「ランボオⅡ」は白水社版に附けられた「後記」である。

「四年たつた。若年の年月を、人は速やかに夢みて過す。私も亦さうであつたに違ひない。私は歪んだ。ランボオの姿も、昔の面影を映してはゐまい」

この間に小林さんは東大を卒業し、「様々なる意匠」（昭和四年九月）でデビューし、昭和五―六年、文芸時評「アシルと亀の子」を『文藝春秋』に連載していた。彼は「批評家」として出発していた。「詩人といふ余計者」の惨めさを踏み越えて、批評的自我の自覚に達しながら、まだ若き日の夢の殻を引きずっているという精神状態にあった。そういう時から顧みられた自己とランボオの姿なのである。

「だが、私はもう、自分をいぢめつける事には慣れ切つた、どうやら自分を労《いたは》る事と区別のつかぬこの頃だ。己れを傷つけない為に、己れを労る為に、――一体何んの意味がある。人々を退屈させない為に、恐らく其処には、覗かねばならぬ、辿らねばならぬ私の新しい愚行があるのかも知れない」（ランボオⅡ）

新進批評家として、文壇の「様々なる意匠」を裁断しながら、小林さんはてれているのである。批評家開業一年で、早くも「批評家失格」（昭和五年）のような文章を書いている。ランボオやボードレールのような、第一級の精神を知った頭で、浮動する文壇小説を論ずるという作業は、たしかにあまり生甲斐を感じさせるものではない。一種のアリバイを提出しながら批評する、という態度が見られるのである。

この時期から昭和七年へかけて、「眠られぬ夜」「おふえりや遺文」「Xへの手紙」のような小説或いは小説風の散文が発表されたことにも、批評家という強いられた枠からの脱出の志向が覗《うかが》われるのである。

小林さんの文学活動はもともと小説から始められていた。高校時代の習作「蛸の自殺」については伝説があるだけだが、大正十三年七月『青銅時代』に発表した「一つの脳髄」には、志賀直哉の延長にありながら、一人の悩める知識人の「脳髄」に焦点を合せている点に、すでに批評精神の現われがあるとも考えられよう。ここには女は登場しなかったが、「女とポンキン」（大正十四年二月）には悩める知性の西欧的な慰安的対応物として狂女が出て来る。実生活では一人の狂女との同棲と別離となった。「女は俺の成熟する場所だった」（「Xへの手紙」）

別れた狂女は「眠られぬ夜」の八重垣姫の人形の「生きる事を断念した程無意味な面差」となって現われ、「おふえりや遺文」の泰西の狂女像となって完成される。

これは『地獄の季節』中の「錯乱I（狂気の処女）」の章と、ラフォルグ「伝説的な教訓《モラリテ・レジャンデー》劇《ル》」を踏まえて、生れた作品である。ここにはシェイクスピア中の虚構の処女の愛と狂気が理想化されて、小林さん自身の狂女への愛情の表現となった。しかし昭和六年の文壇はこの奇妙な小説を戸惑った形であり、批評家小林秀雄のバタ臭い道楽仕事と見做した。

昭和七年「Xへの手紙」は、ヴァレリイの『テスト氏との一夜』を基底としている。小林さんはヴァレリイの『ヴァリエテI』を読んだことを、ランボオに次ぐ「事件」としている。ヴァレリイは大正十三年以来鈴木信太郎、堀口大学によってその詩の一部が紹介されていたが、この頃から詩人としてよりも、『レオナルド方法序説』『ウーパリノス』の芸術理論家、批評家として、評価される。初期の詩作と二十年に近い沈黙自身伝説を作り、批評と反省によって創造の原理を獲得出来る例証と見られるに到った。『テスト氏』はその初期の作品であるが、そこでは一人の強力なる内省的人物の意識と無意識の問題、彼がどこで「自由」を見出すかという問題が、半ば論文、半ば小説風な奇妙な形式で追求されていた。

これは「ランボオI」の「一個の肉体の中に真実を所有する」知識人の問題でもあった。ヴァレリイには、独特の恐るべきリアリズムがあり、これは小林さんの批評精神と異質のものではない。小林さんは『地獄の季節』と同じ熱心さで『テスト氏との一夜』とその関連作品を翻訳した。そして「Xへの手紙」で、同じような形式の下に、自分の批評活動と自我との関係を明らかにしようとする。

ここに現われているのは、「考へる」よりは「一瞥の下にあらゆるものを見抜く眼」を尊重する人物、人を信用出来ないと同じくらい自分を信用出来ない人物である。自分より「長生きしたげな苦痛」を感じ、真剣に一人の友を求めて苦しんでいる孤独な知識人の姿である。

「俺は今すべての物事に対して微笑してゐる。たゞ俺にもよく解らない深い仔細によつて、他人には決してさうは見えないのだ。

ではさよなら。君が旅から帰る日に第一番に溜りで俺と面会しよう。俺は早くから行つて君を待つてゐる。だが俺が相変らず約束をうまく守れない男でゐる事を忘れてくれるな。俺は大概約束を破つて了ふ様な事になるだらうと心配してゐる。だけど君はどうしても来てくれなくてはいけない。俺は君の来てくれる事を信じてゐるのだから」

文壇は「おふえりや遺文」と同じように、「Xへの手紙」を理解しなかった。右からも左からも罵声が聞えただけで、批評家小林秀雄を小説家として受け入れることを拒否した。以来小林さんは「小説」を書こうとはしない。

「小説の問題」を構造的に考え、「私小説論」で批評に文学史的観点を加えることによって、当代の日本文学と附合う道を考えはじめる。

ランボオは終戦後もう一度取り上げられる。「ランボオⅢ」は昭和二十二年三月、「ランボオの問題」という題で雑誌『展望』に載せられたものである。この頃小林さんは戦争中から書きはじめていた「モオツァルト」のほか、何も書いていない。従ってこの論文は「モオツァルト」と昭和二十三年十一月の「『罪と罰』についてⅡ」の間を繋ぐ踏み石と見做されるであろう。

ランボオ「Ⅱ」と「Ⅲ」の間には、昭和十一年辻野久憲によって翻訳されたリヴィエール『ランボオ』（一九三〇）がある。これはメルキュル版『作品集』（パテルヌ・ベリションル版）につけられたクローデルの序文の延長上にある論文であるが、カトリックの観点は、小林さんのランボオ観には入っていなかった。彼は辻野の翻訳が出た時、すぐ書評を書き、「烈しく、個性的なもの」を認めていた。しかしランボオが見たものは、果してリヴィエールがいうような「他界の風景」であったか。

「リヴィエルは、さういふ意見を立証する為に、ランボオの未定稿を点検し、彼の文体の構成過程にまで分析の手を拡げてゐるが、当然、立証に成功してはゐない」（ランボオⅢ）

この小林さんの意見は正しい。リヴィエールの本は遺稿出版で、著者は生前その見解を否定していた。重要なのは、リヴィエールに触発された小林さんの次のような言葉である。

「リヴィエルは、余儀なく自分のさゝやかな経験に立ち還る。彼は、『飾画《イリュミナシオン》』を読み進み、次の句に至つて慄然としたと言ふ。

妹ルイズ・ヴァアネン・ド・ヴォランゲムへ、――「北国」の海に向いた彼女の青い尼僧帽《コルネット》。――難破した人々の為に。

彼は言ふ、不意に何処からともなく伝へられる音信が、自分の知覚に小さな混乱を起したと思ふと、魂の奥底で一種の事件が起つた、あゝ、諸君は分つて呉れるであらうか、と僕は、ランボオの誠実もリヴィエルの誠実も疑ひはしない。だから、リヴィエルに倣つて僕の過去のさゝやかな類似の経験を附記する事を保留する。だが、疑はぬといふ事は信ずるといふ事であらうか。どうもそれは別々の心の動きの様に思はれる」（ランボオⅢ）

「他界」よりの伝りは、小林さんの中で一つの謎を形づくっているが、それを解く鍵の一つがここに与えられている。

なお、ランボオについて、昭和二十二年ラコストの研究が衝撃を与えていた。本文考証の結果、『飾画』が『地獄の季節』より後で書かれたということになったのである。従って『地獄の季節』を文学扼殺の書とし、この本のあと一行でも書けば意味がなくなる、とする理論は根拠を失ったと見えた。

しかし小林さんは「文学への絶縁状としてのこの作の意味には変りはないし、『千里眼《ヴォアイヤン》』

の詩論で始った彼の烈しい反逆の詩作が、やがて自らを殺す運命にあった事には変りはない」という立場を守った。その後原稿が公開され、多くの研究者の検討の結果、現在ラコストの説は全面的には維持されていない。『飾画』の一部はやはり一八七二年に書かれたと見做されている。

小林さんは新しく改訂された本文によってなんども改訳しているが、根本的な態度は変っていないのである。これはランボオの本文による小林さんの創造であって、改変不能な部分があるからである。例えば「錯乱I」「夜明け」末段の一行など。

ヴァレリイについては、小林さんはランボオについてほど度々書かなかった。しかし『『テスト氏』の方法』(昭和十四年)を見れば、それが《発見は何物でもない。困難は発見したものを血肉化するにある》(『テスト氏との一夜』)という、「人生斫断家ランボオ」以来の問題に帰することがわかる。ここから批評を論理の体系としてではなく、一つの現存する言葉の体系として定着するという小林さんの方法が出て来る。

ただし同時にデカルトの問題も発生している。小林さんはヴァレリイに倣って『方法叙説』は「惑はしい或は尤もらしい傑作といふ様なものではなく、寧ろ一つの現に在るもの(une présence réelle)だ。僕等が現に在るといふ事によつて養はれてゐるものと同じものだ」(「『テスト氏』の方法」)という立場であるが、この観点は戦後の未完のベルクソンに関する考察（「感想」昭和三十三―八年『新潮』に連載未完）につながり、これも小林さんの中で未解決のまま残っている問題の一つである。

なお「ランボオ」について、このほかに富永太郎に関する論文の中に言及がある。富永は小林さんの中学以来の友人で、彼にボードレールを教えた。大正十四年夭折して以来二度書いているが、ランボオ論の中でも、必ずといってもいいほど富永に触れた。「ランボオⅡ」ほか二度書いた。戦争中の「富永太郎の思ひ出」のおわりに「僕は再び君に就いて書く事はあるまいと思ふ」と書いたが、戦後また書いたのである。

中原中也については一層切実な思い出があった。彼が昭和十二年死んだ時書いたのは詩である。

あゝ、死んだ中原
僕にどんなお別れの言葉が言へようか
君に取返しのつかぬ事をして了つたあの日から
僕は君を慰める一切の言葉をうつちやつた

あゝ、死んだ中原

例へばあの赤茶けた雲に乗つて行け
何んの不思議な事があるものか
僕達が見て来たあの悪夢に比べれば

これは大正十四年―昭和三年の、一人の狂女をめぐっての争いに関するものである。小林さんがこの関係を暗示したはじめであるが、昭和二十四年の「中原中也の思ひ出」で再び書いた。この常に前進する思索者にとって、過去は何者でもないのだが、終戦後の一時期、もう一度自分の青春に立ち戻って、自己を検討することを強いられたようである。
過去を丁寧に埋葬した人が、それを喚起するのを強いられる緊張が、文章に異様な生気を与えているのである。

（一九六八年二月）

歴史と文学

この巻には昭和十四年から十六年に到る間の論文、講演、随筆が収められている。日本が中国一国を相手とした「事変」から対米英大戦に突入していく、未曽有の動乱の時代の息吹きが感じられる。小林秀雄という一人の文学者がそれにどう反応し、対処して行ったかの記録である。

時期的には「満洲の印象」（十四年一—二月）が最も早い。前年の十月から十一月へかけて、小林は鎌倉在住の友人彫刻家岡田春吉と一緒に満洲に旅行した。春吉の兄益吉が満洲国の有力者だった関係で、満洲国からの招待旅行であった。縁故による招待で、「確とした目的は」ない呑気な見物旅行であった。黒竜江沿岸の黒河でソ満国境を見、孫呉の青少年開拓団を訪れた。熱河を経て、北京に入り、そこから引き返した。

小林は中国ははじめてではなかった。同じ年の春、「芥川賞」を火野葦平に渡すため、文藝春秋社特派員として、上海に行った。蘇州、杭州など上海近郊の文学的史蹟を忙しく見て廻った。しかしこんどは一カ月の長途の旅行であり、はじめての外国旅行という感じが出ている。

旅行による印象の豊富と混乱に負けずに、外界を正しく認識しようという努力が見られる。満洲は日露戦争以来の、長い開拓の歴史があり、異様な植民地風俗を形づくっている。正確には外国といえないのだが、小林は奇妙な同胞の向側にいる住民を理解しようとしている。

自然と社会を前にした旅行者の自己集中が文章に緊張を与えている。彼はこの後度々中国に旅行し、多くのすぐれた紀行文を書いたが、この最初の印象記が、最も魅力的である。

「空には一片の雲もなく、月は冴え返つてゐた。雪の曠野を何処までも走る一条の光つた線路があり、それが、氷結したアムール河にぶつかつて、其処にちよつぴり黒い街がある、そんな考へとも風景とも附かぬものが、やつと汽車から開放されて、月を仰いだ僕の頭を掠めた」

彼が若年の時から親しんだランボオを感じさせる文章である。ここには一種の狂暴な無私というものがある。しかし国境の町でロシヤ人を見ると、軍人や外交官よりも、永年ロシヤ人に親しんで来た文学者の方が、ロシヤ人を知っていると感じた。

著者はこの後、主として朝日新聞の「槍騎兵」に、本巻で「社会時評」の項に一括した感想を書いたが、それはこういう確信に基いている。これは彼の「社会化した私」(『私小説論』)の主張と繋がり、その主宰する『文學界』の編集方針でもあった。対象を文学プロパーに限らず、広く政治的社会的展望を持った誌面を作るという方針である。「社会時評」とは、小林自ら「神風といふ言葉について」(「東京朝日新聞」昭和十四年十月五―八日)に与えた初題である。

日本は「日支事変」という宣戦布告のない戦争を遂行しつつあったが、軍事費は予想外に増大し、総力戦の様相を呈しはじめる。いわゆる「世論」も為政者にとって重大な意味を持つような事態が生じた。文学者だけではなく、学者や新聞記者、その他新しく発生したさまざまな文化団体の周辺にいるわけのわからない連中が、発言をはじめた。今日いわゆる「文化人」という観念が形成されたのは「事変」の過程を通じてであった。そこには右翼的ショーヴィニズムと共に、マルキシズムによる状勢分析、軍部批判が、覆われた形で現れていた。

十四年九月にはヨーロッパで戦争が始った。ドイツ軍のマジノ線突破は翌年であるが、これが事変終結のために「神風」であるという意見が、新聞や隣組でいわれるようになった。これが大変甘い考え方であったのは、その後の経過が示しているのだが、この考え方自身は自然で、おかしなところは一つもない、というのが小林の判断である。

この頃は歴史に関する彼の意見がまとまった頃である。「歴史について」(『文藝』十四年五月) は『ドストエフスキイの生活』の序文として書かれその巻に収められているが、本巻中の「歴史と文学」に収められた諸篇によって、豊かに展開する。それは文献的、資料的批判、あらかじめ立てられた史観を排する立場である。史料は死物であり、史観は尺度である。歴史は書く者の主観によって歪められる。現在を切実に生き、歴史と共に生きる者にしか、歴史はその真の姿を現わすまい。

これは永年、ドストエフスキイの伝記と取り組んで来た彼の経験から得た意見である。彼は母親にとって歴史とは息子の死が取り返し得ないということであり、それを悲しむ心ではないか、という揺がない事実を提出した。これは「生の真実は嘘よりも一層虚偽である」というヴァレリイの判断とつながっている。

この徹底したリアリストには、事変に伴う軍部、官僚の混乱はよく見えていたが、現に戦争が始っている事態において、それをイデオロギーから否定しても意味はないと見えた。ここから「国民は黙って事変に処した」という観察が生れる。「神風」という言葉をいわせるのは、現実にある必要、不安から出るとすれば、それに批判的であることは現在に生きることにはならない。

こういう小林の態度は、状況を正しく判断しようと努力していた人達に対して、苛酷であったかも知れない。しかしその判断を状況の中で発表する行為にはあいまいさが伴う。ところが小林はランボオと共にあやふやな行為は一切認めない絶対の糺問者なのであった。彼は上海で火野葦平から兵隊が義務のために死ぬ、「伍長の為に死んでくれる」と聞いた。死は一つの絶対である。彼は悪夢のような経験を共にした旧友中原中也が、鎌倉の自分のそばへ死にに来たのを見たばかりであった。そのぼうぼう燃える骨に対して、どんな生も言葉も無意味だという感慨に捉われた。

義務のために死ぬ兵士の骨に対して、一切のヒューマニスティックな言説は無意味なのである。「国民は黙つて事変に処した」とは「黙つて死んだ」という認識に裏づけられた言葉である。そしてこれが戦争の指導者、情報局にとってそれほど歓迎すべき考え方ではなかったことは、だんだん明らかになって来る。

小林は現実が、文学者や学者の手にあまると同じように、指導者の手にもあまる怪物であるということを知っていた。

事変は拡大、矛盾は激化する。かつて満洲の少年開拓団の宿所でかいま見た（少年達の不自由な生活が愚かな大人に指導されているのを見て、彼は便所で涙を流す）官僚の悪もまた顕在化して来るのである。欧洲の事態は歴史の必然性によってではなく、ヒットラーの情念、その憎悪によって動かされているのが明らかになって来た。

彼がドストエフスキイを通じて知り、また内省によっても知っている「悪」が社会的に遍在して行くのが、昭和十五年の状況である。このぞっとするような光景を前にして、彼は自分の立場を「文学と自分」（昭和十五年十一月）で表現した。これはこの年の五月以来「文芸銃後運動」として内外各地で行われた講演に手を加えたものである。状況の中における個人の自由の問題を扱ったものだが、これは書斎の仕事ではなかった。聴衆という生き物を納得さすように喋ったのである。今日小林秀雄はよき講演者として有名であるが、これは社会全体と一体化した動乱の時期に獲得された技術、というよりは行動の型である。

その速記に熟達した散文家の技術で手を加えることにより、簡潔緊密でありながら、同時に語りかけるような親しさを持った独特な文体を生んだ。喋るように書くとは、彼が「アシルと亀の子」以来採用して来た方法であるが、ここに類のない文章法として完成したのである。

彼はこの頃「オリムピア」という美しい文章を書いている。

「砲丸投げの選手が、左手を挙げ、右手に握つた冷い黒い鉄の丸《たま》を、しきりに首根つこに擦りつけてゐる。鉄の丸を枕に寝附かうとする人間が、鉄の丸ではどうにも具合が悪く、全精神を傾けて、枕の位置を修整してゐる、鉄の丸い硬い冷い表面と、首の筋肉の柔らかい暖い肌とが、ぴつたりと合つて、不安定な頭が、一瞬の安定を得た時を狙つて、彼はぐつすり眠るであらう、いや、咄嗟にこの選手は丸を投げねばならぬ。どちらでもよい、兎も角彼は苦しい状態から今に解放されるのだ。解放される一瞬を狙つてもがいてゐる。掌と首筋との間で、鉄の丸は、団子にでも捏《こ》ねられる様なあんばいに、グリグリと揉まれてゐる、それに連れて、差し挙げた左手は、空気の抵抗でも確かめる様に、上下する、肌着の下で腹筋が捩《よぢ》れる、スパイクで支へられた下肢の腱が緊張する。彼は知らないのだ、これらの悉《ことごと》くの筋肉が、解放を目指して協力してゐる事は知つてゐるが、それがどういふ方法で行はれるかは全く知らないのだ。鉄の丸の語る言葉を聞かうとする様な眼附きをしてゐる。恐らくもう何にも考へてはゐまい。普段は頭のなかにあつたと覚しい彼の精神は、鉄の丸から吸ひとられて、彼の全肉体を、血液の様に流れ始めてゐる。彼はたゞ待つてゐる、心が本当に虚しくなる瞬間を、精神が全く肉体と化する瞬間を」（昭和十五年八月）

　これはカメラの機械的進歩によって与えられた、砲丸を投げる瞬間の選手の表情、筋肉の動きのミクロ的な視覚化である。それは人間の外部的行為を描写すると同時に、その内部を外在化する。小林は常に外部に内部を見た。或いは外部に表われない不確かな内部は信用しない人間だった。

　彼は以前から、人間の内部の外在化の一形態として「美」に注意していたが、美も荒廃の時期には、奇妙な現われ方をする。

　十六年十二月八日、新聞で真珠湾攻撃の写真を見て彼は書いた。

「写真の方は、冷然と静まり返つてゐる様に見えた。模型軍艦の様なのが七艘、行儀よくならんで、チョッピリと白い煙の塊りをあげたり、烏賊《いか》の墨の様なものを吹き出したりしてゐる。いや、いや、外観に惑はされてはならぬ、これこそ現に数千の人間が巻き込まれてゐる焦熱地獄を嘘偽りなく語つてゐるものだ、と僕はしきりに自分の心に言ひ聞かすのであるが、どうも巧くいかない」

「空は美しく晴れ、眼の下には広々と海が輝やいてゐた。漁船が行く、藍色の海の面に白い水脈《みを》を曳いて。さうだ、漁船の代りに魚雷が走れば、あれは雷跡だ、といふ事になるのだ」（「戦争と平和」）

　これもほとんどランボオの感覚である。戦争というものが、国民の前にはっきり姿を現わしたのは、この時からであった。それまでに事変の処理がうまく行かない焦躁と疲労がたまっていたが、勝てないというだけで負けは考えられないという意味でそれは戦争でなく、まさしく「事変」だった、ということを思い知らされたのであった。

　多くの日本人がプリンス・オブ・ウエルス撃沈に、コンプレックスからの解放感を味っている時、このリアリストは遂に「戦争」が始ったということに圧倒された。

小林は後に登山の随筆（「年齢」昭和二十五年）で、山が疲れた登山者の眼前にそのほんとうの姿「デワ」を現わす瞬間を書いた。そのように現実が姿を現わす機会はそう多くはないが、彼は常にそのような瞬間を招き寄せる者であった。同じものを彼は真珠湾の写真に見たのであった。

この後小林は「ガリア戦記」（十七年五月）、「ゼークトの『一軍人の思想』について」（十八年九月）など軍事についてよく書いた。ゼークトに軍人社会の腐敗という「現実」と戦いつつある古風な軍人を見た。彼はすでにアランの「大戦の思ひ出」を書評し（十五年一月）、銃後にあってうつろな議論を交し、不毛な情念に悩まされるよりは、砲兵として志願したこの四十六歳の哲学者の態度を賞讃していた。

第一次大戦当時フランス陸軍は十分腐敗していたが、ドイツも劣らずそうだったので、戦争は連合軍の勝ちになった。第二次大戦ではゼークトらの計画した精兵による突破作戦が成功した。それはフランスの参謀本部の旧弊と腐敗が一層進んで、殆んど近代の軍隊の体をなしていなかったからであった。

それが古い官僚制度のためであったことは第二次大戦に志願した歴史家の証言がある。そのように日本の軍部も官僚化、無力化していたのだが、これは当時当事者しか知らないことだった。そして当事者も自分達がそれほど非能率的になっているとは、気がついていいないのであった。

文学者は敏感に危険を感じていた。情報局とそのロビイ達の言動に、小林が危惧を抱いたらしいのは、控え目ながら、当時書いたものに散見する。ゼークトを「典型的な軍人」と見る立場にも、それは現われている。小林が軍事について書いたのは、当時の日本の最大の危険が軍部にあることを察したからだと思われる。

ゼークトは「事変」前、中国にあって蔣の軍隊を組織した軍事顧問であり、それを賞讃することは、情報局ロビイの気に入らない状勢になっていた。小林は「無常といふ事」と「美」の世界に引きこもることになる。

戦争の最後の段階では、どうしても勝たなくてはならない、負けてはならないという、現実的な判断が、再びこのリアリストを捉える。彼はそれを文章ではなく、昭和十八年の大東亜文学者大会組織という行為によって現わした。しかし彼が南京の宿舎で書くのは「モオツァルト」である。

これはランボオ以来、常に絶対を探究する性急な知性であった。戦争中彼は「国民の沈黙」だけを絶対と見る立場によって、権威の側に就いたが、不調和が生じて来た。戦争を遂行する機関には容れられなくなった。戦後一層顕著になる隠者的生活態度はこの間に形成された。文学者の自我とその自由は、動乱によって鍛えられ、確立されたことを、この一巻は物語っている。

〈一九六八年四月〉

『本居宣長』前後

この別巻Ⅰには『本居宣長』(新潮社、昭和五十二年)刊行後に発表された「『本居宣長』補記」のほか、湯川秀樹博士との対談『人間の進歩について』(昭和二十三年)、数学者岡潔博士との対談『人間の建設』(昭和四十年)が含まれている。また最近『感想』(新潮社、昭和五十四年)にまとめられた折々の文章が収録されている。前記二つの対談は、それぞれ対談時に単行本となって、世評の高かったものである。

これらの対談はその内容の充実していることはもちろんだが、一人の文学者が高名の科学者、数学者と専門の領域に立ち入って活潑に論議している、ということによって、読者を驚嘆させたのであった。

しかし私はそのこと自体にはあまり驚かなかった。小林さんは私の五十年来の文学の先輩で、昭和三年にボードレール、ランボオ、ヴァレリイなど、フランス象徴派系の文学を教わると同時に、ベルクソン『物質と記憶』、ポアンカレ『科学と方法』、デュ・ボア・レモン『自然認識の限界について』など、科学に関する本についても教わったからである。身体と精神の二元論の統一が小林さんの不断の関心であって、それはまた、それらフランス文学者の作品と評論の中にも含まれていたのであった。

特に『物質と記憶』の有名な記憶の逆円錐形のモデルに私は感銘を受けた。当時ベルクソンは西田幾多郎と共に流行の中にあって、私は『時間と自由』『創造的進化』を読んで、方法としての直観に共鳴し、エラン・ヴィタルが何であるかを知っていたが、『物質と記憶』に述べられている記憶即物質という一元論を知らなかった。小林さんからランボオを教わったことは私の生涯にとって重大であったが、この一元論によって青春の思考の混乱に、結着が付けられたのも大きかった。

小林さんは、岡博士との対談でも『物質と記憶』を持ち出している。しかし昭和四十年午には、この本はあまり読まれなくなっていて、岡博士が知らなかったらしいのは、私には意外であった。

これは記憶が脳髄内に蓄積されるという仮説の不可能を、失語症の研究によって実証したものである。ベルクソンは常に自分を二元論者と言っていたし、小林さんも、小説という二元論的文学形式——身体と心理の交互叙述——を対象とする文学批評を行う以上、同じ立場に立たざるを得ない。しかし逆円錐形の雄大なる底辺（むしろ頂辺というべきか）

に蓄積される記憶は、人間の身体の生死と関係なく生き続けるというパラドックスに逢着する。従って岡博士との対談の中で小林さんが次のように言明したのは、不思議ではなかった。

小林 本当の記憶は頭の記憶より広大だという仏説があるとおっしゃったが、その考えを綿密に調べた本がベルクソンにあります。（略）

岡 そうですか。そんなことを言っているフランス人があったのですか。

小林 実証的な部分は、ほんの半分で、後の半分はメタフィジックになるのですが、サイエンスとメタフィジックがどうしても結びつかないと、全体的な考えというものはないという見事な実例とも思えます。その点でも予言的な本とも思われます。

小林さんは湯川博士との対談では「永遠回帰」について語っている。

小林 肉体の秩序はただちに精神の秩序に連続していない。とすれば、肉体は亡びても……。

湯川 そりゃ魂は亡びないかもしれない。それは何とも言えない。

そして昭和二十三年七月に行われたこの対談は、科学は二十世紀になって、人間のところへ戻って来たかも知れない、という湯川博士の楽天的な結語で終っている。

遺憾ながら、その後の歴史は、原子力発電、環境汚染だけを取ってみても、そのようには進んでいないのだが、科学の進歩による弊害は前世紀末以上に顕在化していた。この事態に対応して哲学は科学批判を任務とし、科学者自身も社会的責任を持つに到った。歴史の流れを無視した科学の客観性は考えられず、日常的な思考に固く結び付けられていることが感じられる。

科学的思考と日常的思考、または文学的思考がまじり合う。科学は文学と同じく、その記述方法において、言語の問題を避けて通ることはできない。ここに小林さんとこれらの科学者との間に、真剣な対談の行われる根拠があった。

話を昭和初年に戻すと、その後小林さんは鎌倉に移ったので、会う機会は少なくなっていたが、昭和十年夏、信州霧ヶ峰で、一ヵ月ばかり小林夫妻と同じヒュッテに滞在した。彼はアラン『精神と情熱とに関する八十一章』を翻訳していたが、一夕、エディントンの『物的世界の本質』の講義をしてくれた。彼はこのエディントンの一九二八年の代表作を昭和七年頃出た翻訳で読み、すぐ言及している（第一巻、「手帖I」）。私はその文章を知らなかったが、彼は夕食後、階下の私の部屋へ降りて来て、夜おそくまで、マイケルソン＝モーリーの実験、ローレンツの短縮から、相対性原理の成立に到る過程を説明してくれたのである。私はその熱意に感銘を受けた。

しかし小林さんが言った中で、一番印象に残ったのは、エントロピーについてである。これは熱力学第二法則から導き出される量で、いろいろ言い表わし方があるが、エディントンが注目しているのは、一旦熱となって放散された量は、もとと同じ量のエネルギーに戻らない、ということだった。すなわちエネルギー恒存の法則は、未来の方向において崩れるのであり、エントロピーの無限の増大は宇宙の死滅を意味する、と考えられる。

私は霧ケ峰ヒュッテの薄暗い部屋で小林さんがこの話をした時の顔を覚えているが、彼の昭和三年頃の思想に窺われる一種の終末観と結び付いているように私には見えた。

エントロピーの問題は、その後も小林さんの頭を去ったことはないようである。湯川博士との対談にも出て来る。同じ鎌倉に住む永井龍男は、夜道で彼にエントロピーの講釈をされ、だんだん身をすり寄せて来られて、遂に鶴岡八幡のわきの溝の中に落っこちたことを随筆に書いている。これは湯川博士と対談した頃のことであろう。

エントロピーはエネルギー恒存の法則に反するし、その後も、科学者の間で、その取扱いについて、絶えず問題があった。最近は情報理論で息を吹き返している。私もまたこの問題について考えないわけに行かなかったが、地球は開放された系であるからさし当り大事はない、と呑気に構えていた。しかし銀河系全体が閉されているならば、結局は同じことである。増大や減少、時間の方向、などの概念を変えなければならないのではないか。

こんど『人間の進歩について』を読み返して、小林さんが永遠回帰について語っていることに注目した。これはベルクソン『物質と記憶』の中に含まれているパラドックスであることは前に書いたが、彼は大正十一年、その栄光の絶頂にあったアインシュタインが来日して、異常な歓迎を受け、科学に関心を持った、と言っているのに興味を惹かれた。人間は二十代に抱懐した思想を出られないものだとも、彼は言っている。モオツァルトのシンフォニーGマイナーが二十六歳の小林さんの頭の中で鳴り、単一な思考への志向、考えて得た結果より、考える「力」への信仰はその頃からあったはずである。ただそれを『モオツァルト』『本居宣長』で実現するのに、一生かかっただけである。

彼の唯心論の核心の部分は、ベルクソンの『精神力』から得たらしいが、『物質と記憶』の中にその萌芽があった。われわれは多くの実に斬新な思考方法をベルクソンに負っている。小林さんは多くの哲学者とは別の場所で、独自な思考を押し進めていたように思われる。

私は昭和十一年春から、十三年秋まで、鎌倉扇ケ谷の小林さんの家の近所に下宿して、再び教えを乞う機会を持った。彼はその頃、姥ケ谷に住む哲学者佐藤信衛を『文學界』同人に誘った。佐藤はデカルトに近代科学精神の濫觴《らんしょう》を見る『近代科学』（岩波書店、昭和十二年）という本を間もなく出した。いま私の手許にはその頃小林さんから借りたままになってしまった本がある。そこには彼の引いた傍線があって興味深い。佐藤は現代の理論物理学において、アインシュタインの相対性原理の発見より、プランクの常数の発見の方が重大だ、と言った。

戦後、昭和二十三年十一月から翌年の四月まで、私は小林さんの雪ノ下の新居の、離れに同居させてもらった。彼はその頃はハイゼンベルクと不確定原理について考えていた。私は日本文学がこれら現代科学の成果をその技法に取り入れないのはへんだ、というほど軽薄であったが、小林さんがどう思っていたかは知らない。われわれの心理はもともと不確定なものだが、ハイゼンベルクのいう意味で不確定であるかどうかはわからないだろう。小林さんはまた量子力学にはリアリティがあるといっていた。

その間に小林さんは湯川博士との対談を行い、『私の人生観』を発表し『近代絵画』『ゴッホの手紙』その他を書いている。批評家というよりは人生の教師、思想家という方が適当な人物になっていた。昭和三十三年五月から三十八年六月まで、五十六回にわたって、「感想」を『新潮』に連載している。私は哲学が哲学者とは違った文体、つまり思考のリズムとリアリティを持った文体で書かれたことに感歎した。それは再びベルクソン論であって、その目標が、ベルクソンがアインシュタインに仕かけた論争にあることが、連載の終りに近づくにつれ明らかになって来た。

問題の詳細はここでは省かねばならないが、ベルクソン自身が自ら放棄した論点を、三十年後に復権するという力業は極東の文学者の手にあまったと見え、昭和三十八年六月、突然中断され、小林さんは二度目のヨーロッパ旅行に出る。その最終回は次のように結ばれている。

ベルグソンの仕事は、この経験の一貫性《ユニテ》の直観に基くのであり、彼の世界像の軸はそこにある。「哲学は、ユニテに到着するのではない。ユニテから身を起すのだ」

五十六回にわたって連載された労作はここで中断され、単行本になっていない。小林さんの著作歴において異常なことである。

昭和四十年八月、岡博士との対談で、「いま日本がすべきことは、からだを動かさず、じっと坐りこんで、目を開いて何もしないことだと思うのです」という岡博士の熱い言葉に小林さんは賛意を表している。しかし同じ年の六月、彼は「身を起」した。『本居宣長』の連載が始った。宣長が古代の心に見出したもの、ユニテから身を起したのだ。彼はすでに戦争中からそれを見出していたはずである。私は昭和三十一年、いっしょに講演旅行して、彼が松阪の小学校で「もののあはれ」について語った熱っぽい声調を思い出す。

この巻に収められた『『本居宣長』補記』で、宣長の科学的な「暦」法に対する考えが述べられている。暦は時の持続を等分するものであり、持続の中断である。宣長は『古事記』に使われている暦年を考証し、日出日没による自然的太陽暦であり、『日本書紀』に使われている中国輸入の太陰暦こそ、不便なもので、いっそオランダ暦によった方がいいではないかといっているという。

彼の眼は、飽くまで、彼の言葉で言へば、「天地のありかた」に注がれてゐた。人間の都合など顧みるものを「天地のありかた」と言へる筈はなし、一方、自立して生きてゐる「人間の心のありかた」といふものがあつて、これに直面してゐる。そして、彼の考へによれば、道の学問或は哲学の出発点は、其処にしかないのである。

このように科学的にも「漢意《カラゴコロ》」（太陰暦）を貶《けな》して、太古の心を恢復し得たことは、本居宣長にとっても、小林さんにとっても倖せなことであった。そこでは生と時と理は一つとなり、円熟と沈黙の幸福がある。

「朔《ツイタチ》のはじめ」を、誰もが、「心々に定め」てゐた時、「理」といふ言葉は、ソクラテスの言ひ方で言へば、めいめいの「魂に植ゑられ」て生き、一般化への道など全く拒絶してゐたのだ。親の忌日が、暦に書かれてゐるわけもないのだから、秋が訪れるごとに、

「某人《ソノヒト》のうせにしは、此樹《コノキ》の黄葉《モミヂ》のちりそめし日ぞかし」と、年毎に、自分でその日を定めねばならない。創り出さねばならないと言つてもいゝだらう。暦を繰つてすませてゐる人々が、思つてもみない事だが、各人が自分に身近かな、ほんのさゝやかな対象だけを迎へて、その中に、われを忘れ、全精神を傾け、「その日」を求めた。他の世界は消えた。そのやうな勝手な為体《ていたらく》で、何一つ違はず、うまく行つてゐた。何故かと問はれゝば、「真暦」が行はれてゐたからだ、と答へるより答へやうが宣長にはなかつた。

といふ事は、彼の眼は、古人の間で、はつきり個体化され充実した「来経数《ケヨミ》」といふ「わざ」の上に、熟《じつ》つと据ゑられ、彼は口を噤んで了つたといふ意味だ。そして、その自己集中自己沈潜の姿そのまゝが、慎重な観察推論として、「理」といふ言葉の正常な使ひ方として、彼の心に、刻印されたのである。

本巻にはこれらのほかに、小林さんが最近行った講演、友人知人の「全集」への推薦文、その他おりおりの随筆などから、彼が残していいとしたものが選ばれている。本年喜寿を迎えた小林さんの自由な姿は、その書くもののすみずみにまで表われているのである。

（一九七九年七月）

『無私の精神』

出版社の文治堂は、当節実に奇特な本屋さんで、千部とか千五百部とかの少部数の本しか作らないのを方針としている。四冊本の『中島敦全集』を出し、『神西清全集』が目下進行中であるが、こんどの小林秀雄『無私の精神』は、どういうつもりか、五百部である。もっと刷ってもよさそうに思えるが、限定出版で増刷はないから、すぐ古本の値段が上るだろう。

収録してあるのは「伝記について」(昭和十四年)から「感想」(三十八年)に到る十五篇。これまでの全集に洩れた短文と、小林のこの前の評論集『感想』(三十四年、創元社)以後の五篇である。いわば逸文集である。

小林の最近の仕事は三年来『新潮』に連載しているベルクソンに関する「感想」と、『文藝春秋』に時たま現われる「考へるヒント」だが、この方はいつ本にまとまるかわからぬとすれば、しばらく小林の愛読者の渇を医さしてくれる本といえよう。

「ドストエフスキイについて」は昭和二十一年の執筆、『モオツァルト』についで、戦後の二番目の論文である。『罪と罰』について」を準備していた頃のノートといえよう。「エリオット」はヴァレリイと対比しながら、このアクロバット的伝統主義者の精神の姿勢を、簡単明瞭に描き出している。みんないわば普段着のままの論文だが、対象の根底まで突き入って「主調低音」を探り出す批評方法は変っていない。「菊池寛全集解説」では、有名な「菊池寛論」の趣旨が、一層わかり易く、菊池寛自身の口を藉りた形で、語り出されている。

表題通りの「無私の精神」が伝記と歴史を考える時も、映画や小説について語る時も一貫している。折にふれての即興的文章でありながら、現在の文学界の病源について、的確な判断、指針を与える。流れに逆らわず、しかし流されもしない岩のような精神が、自らの存在の意味を明らかにする。

（一九六三年九月）

『考へるヒント』

「常識」にはじまって、最新評判の「ソヴェットの旅」にいたる著者最近の評論集。文藝春秋連載の「考へるヒント」を中心に、二十六の評論と随筆が、年代順に収められている。

巻頭の評論「常識」の掲載年次をみると、三十四年六月であるから驚く。この評論界の長老がこんなに長く最新作をあたためていたのである。しかし、五年たったいま読み返してみて、中身が少しも古くなっていない。このごろの評論界が、いかにめまぐるしく流行を追っているかが逆にわかるような本である。

著者は本居宣長を論じた「言葉」の中で「文学は文体である」といっている。著者の文体は近ごろますます円熟したが、これは年を取ってかどがとれ、調和的になったというほうには円熟せず、若いころの論争的な調子とは別の、いわばあらわな鋭さが加わるというふうに円熟した。著者の思索の起伏が、読み進むにつれて一字一句読者に伝わってくるようである。著者はそれを自分の言葉の技術と考えているようだが、実は時勢にさからいもせず、おぼれもせず、自己の孤独を守る堅固な個性の息吹きが、まず読者の感動を誘うのである。

「作品は孤独から解放されんがための機会である」と著者は書いているが、「考へるヒント」は時々刻々に移りゆく時勢を真に憂うるもののことばなのである。三十四年から今日まで、安保問題その他もっともそうぞうしかった時期に当たっていたことを、読者はこの評論集を読み終わってから気がつくだろう。

「ソヴェットの旅」は短い講演速記だが、公平で正確な観察は、およそこれまでに発表された「ソビエト旅行記」に類がない。見る者の精神がしっかりしていなければ、対象はそのほんとうの姿をあらわさないということの証拠である。

（一九六四年五月）

『「白痴」について』

小林秀雄は戦前『ドストエフスキイの生活』と並行して「未成年」「白痴」「カラマゾフの兄弟」等の作品研究を進めていた。戦後には昭和二十三年の「罪と罰」と、二十七年の『「白痴」について」がある。

ただし「後者」は当時未完であって、三十年刊新潮社版全集には収録されなかった。ことど恐らく全面的に加筆訂正、さらに八頁を書き足して出来上ったのが、本書である。

また昭和十年の「白痴」は二十五年刊の創元社版全集には入っているが、新潮社版では除くなど、著者はこの主題について、異常に慎重であった。ドストエフスキイの作品中、特別な関心の集中があることを示す。

まず「白痴」の主題が、極悪無道の白痴的好色漢の「愛と憎しみの物語」を書くことにあったことが、原著者の手記やノートの引用によって、実証される。それが作品の進行中「新しい人物」ムイシキンの出現によって、どう歪められ、変形されたかが示される。

「白痴」は周知のようにムイシキン公爵のキリスト的風格によって、愛読されている本であるが、悪人伝の痕跡はいたるところにある――というよりは、むしろその骨格をなしていることを、著者は示したいようである。

レーベジェフ、イヴォルーギン、イポリートなど副人物が分析される――というよりは、著者が「チエホフ覚書」や「菊池寛全集解説」などによく使う、人物になり替って、独白するという独自な方法によって、より説得的にいわば感覚的に読者に伝えられる。

イポリートの形而上学的な「遺書」は、これまで独立して評論の対象になったことはあるが、道化者レーベジェフ、壮大な虚言者イヴォルーギンについては、これほど克明かつ鮮明に語られたことはなかった。これら副人物を形づくる、いわば作品の「生地《きじ》」と、主題との関連が明らかにされた例は、私の知る限り外国にもない。

著者がこんど書き足したのは、ナスターシャ、ムイシキン、ラゴージンの三角関係に関してである。この恋愛劇もまた作品の「生地」の一つであり、映画や劇は主として、この劇を中心に組み立てられるのは周知の通りである。

しかし著者のこの点についての説明は、きわめて簡単である。有名な小刀のシーンについて、ムイシキンにナスターシャ殺害の下心があり、最後の殺人が共犯であるという指摘は刺戟的ではあるが、暗示されているだけである。なぜこの深刻な共犯関係が月並な三角関係を作り出したか、ナスターシャの女性の悪意が、どうしてこの二人の極悪人同士の双生児的関係を対立に替えたか、（あるいはなにも替えなかったか）は書かれていない。この慎重に出版された本でもこの有様だと、著者はもうこの問題について書くことはないかも知れない。

（一九六四年六月）

江藤淳『小林秀雄』

江藤氏にこの論文の執筆をすすめ、資料を提供したのはわたしである。そのことは、「あとがき」に明記されているので、あるいは、わたしはこの書評を書くのに適任ではないかもしれないが、注意して論文の成長を見守っていた者の一人として、あるいは人の気がつかないところを見ているかもしれないので、その一端を記してみる。

わたしは江藤氏の前著『作家は行動する』（昭和三十四年）に感心したが、そのなかの小林秀雄への言及が、小林の昭和文学史で果した機能だけから見られているのが不満で、かれの人間は少しちがうという意味を書いた手紙を出した。江藤氏からすぐ返事がきて、それは自分も感じていた不安で、つぎの仕事は小林秀雄論にするつもりだということだった。

当時、わたしは中村光夫、福田恆存などと同人雑誌『声』をやっていたので、ではそれを『声』にくれないかと依頼した。幸い快諾を得て、それからしばしば氏と小林秀雄のことを話合うために会った。わたしは小林の無名時代の断片を偶然持っていたので、その一部を氏にまかせた。わたし自身、いつか小林論を書くつもりであったが、ほかに仕事を持っているので、いつのことになるかわからない。資料をいつまでも死蔵しておくのは、小林秀雄が共通の文化財産になりつつあるこんにち、公正ではないのではないか、という自責を感じることがあった。江藤氏に使ってもらうことができて、むしろほっとした感じがあった。

江藤氏がどう処理するか、正直、少し意地の悪い好奇心があったことを告白する。しかし、江藤氏がそこから引出したものは、わたしの予想をはるかに越えた豊饒なイメージであった。そこには「Xへの手紙」の下書きらしい断片もあって、「様々なる意匠」以来のダイナミックな批評に転じる以前の小林の兵器廠、思想が鋳出されるルツボの構造と熱気をうかがわせるものがあった。江藤氏は、この「密室」を「志賀直哉論」から「モオツァルト」にいたる小林の批評活動の主調底音として定着することに成功したのである。

昭和十年代の『私小説論』や『ドストエフスキイの生活』、戦争中の『文學界』同人の動きとからみ合せて、一大交響曲に組上げたのである。そして、これは小林秀雄論として画期的なものとなった。

これまでの小林論としては、戦後の本多秋五、平野謙など近代文学派のものが、唯一の実証的な研究であったが、それらは多くの修正をしいられるであろう。その他、河上徹太郎、中村光夫など小林の友人たちの意見との関連は、これから他の人がくわしく考えねばならぬ問題であろう。

わたしとして一つ注意しておきたいことがある。それは、江藤氏のシンフォニーは、ただ資料集めと実証だけで組立てられているものではないことだ。『夏目漱石』以来の氏の批評活動の、年に似合わない視野の広さと迫力の秘密は、小林秀雄の影響力の秘密とともに、今日、案外考察の対象になっていない。

それは、ただの若さと衒学のカクテルとして表象されるのがつねだが、『小林秀雄』を読めば、江藤君自身も自分の「密室」を持っていることが明らかになるだろうと思う。それは小林とはちがった現われ方をしているが、それは小林が大正末、昭和初めに対決しなければならなかったものと、戦後の江藤氏を取巻いている思想環境の相違である。氏は力をつくして小林の環境を理解しようと努めているが、敗戦と三十年の歳月は、決定的な了解不可能な部分を生んでいるのを、どうかするとうかがわされることがある。

江藤氏には、小林が慎重に避けた観念的解釈癖があり、多分これが、ことに、はじめの部分の欠陥となるかもしれない。しかし、氏には小林のしらなかったイギリス流の知恵がある。それは火にはいっても焼けずに通過できるていの保守主義であって、フランスのシンボリズムの系統を引く小林の安住できないものである。この相違はカーのドストエフスキイを論じたあたりに、はっきり現われている。

小林の天才を「邪悪」と断じて、しかも「無常といふ事」の文体の美しさを、これほど手に取るように描き出した論文はなかった。それらはこのシンフォニーから浮上がって聞えるソロの部分である。そしてそこには、まぎれもない、江藤淳という戦後青年がいるのであって、この精神の姿勢には、いまの若い世代にとって、手本とすべきものがあろう。

小林と同じように、江藤氏もまた孤独の道を歩み始めたことを示す本として、作者にとっても、ひとつの記念碑となる労作であろう。

（一九六二年一月）

小林秀雄書誌上の一細目について

最近静岡女子短大の吉田凞生氏から、「小林秀雄研究文献および資料についての覚書(一)」という抜刷を贈られた。内容は小林秀雄研究史ともいうべきものだが、(氏自身は研究の名に値するものが、あまり少いから、むしろ「問題史」というべきか、と言っている)いずれ「著作目録」「参考文献目録」を添えて、出版されるらしく、今後の小林秀雄研究の書誌的基礎になるものと思われる。

私は小林を古くから知っている関係上、三年前の江藤淳『小林秀雄』の時から、情報提供係りになっている。吉田氏にも度々訪問を受け、教えたり、教わったりしている仲だが、なにぶん雑談的にやるので、質問漏れが出たり、返答が間違って取られたり(或いは両氏が私のいうことに眉毛に唾をつけ、採用しなかったのかも知れないが)している節が出て来ている。些細なことだが、一つ気になることがあるので、この機会に訂正しておきたい。

問題は小林の初期の論文『「悪の華」一面』についてである。これは東大の仏文学研究室編集で、白水社から出ていた『仏蘭西文学研究』第三輯（昭和二年十一月発行）に載った。『『悪の華』一面」は小林の二つの「全集」には収録されていない。昭和二十八年角川版「昭和文学全集『小林秀雄・河上徹太郎』篇」のために、私は中村光夫、秋山孝男（創元社専務）といっしょに「年譜」を作ったが、（当時小林は外遊中だった）その時「未完」と注して、題名だけかかげた。

ところが『仏蘭西文学研究』第三輯の原本には、明瞭に「終り」と印刷されているのである。ここから次のような議論が生ずる。

「この時期の小林の論文として異常に論理整然としているが、二つの全集のいずれにも収録されていない。惟うに、『遺書』（小林がこの少し前に書いたと推定される断片）の告白体の切実さにくらべて思弁的でありすぎるのを嫌ったのかも知れず、逆に思弁的体裁をとりながら告白的でありすぎるところを嫌ったのかも知れない。大岡昇平氏は、かつて小林からこの論文は未完だときいたという。しかし、私の読後感では、何をつけ加えようもなく完結しているという感じである。皮肉に考えるなら、小林はあくまでもランボオと自分を対置させようとし、ボードレールと対置させることを好まないために、この好論文を削除したとも考えられるであろう」（江藤淳『小林秀雄』一一五頁）

吉田氏はこれに対し『近代絵画』（昭和二十九年）がボードレール論から始っている事実、

すでに「詩について」（昭和二十五年）で自分へのボードレールの影響をはっきり語っていることを指摘して、理由はどちらかといえば、前者（つまりあまり思弁的であること）だろうという。しかし一方「皮肉」を抜きにして、「後者も考えたい」とも言う。「『〝悪の華〟一面』で、小林はボードレールへの『一種の別離』を語っているが、この『別離』には、『人生斫断家アルチュル・ランボオ』の強い袂別の調子とは異なった、沈鬱な響きがある。『未完』という記憶ちがいは、小林の中で、ボードレールという青春が未完了であることを暗示しているように感じられる」

問題の中心は、無論小林がこの論文を二つの全集に採用しなかったことだが、「未完」となっていることにも、多少の意味を持たされているようである。

角川版年譜の「未完」はそのまま、三十―三十二年の新潮社版に引き継がれた。この年譜は小林自ら検討したと称しているので（事実は編集者が、二、三の細目について、口頭でただして直した程度で、却って誤謬が増えている）、第三者には「未完」が、小林の自注（しかも誤った）と映る結果になったのである。

事実は次の通りである。昭和三年二月私が小林にフランス語を習いはじめた頃、私が読んだ小林の論文は、「人生斫断家アルチュル・ランボオ」（大正十五年十月）「富永太郎」（同十一月）「芥川龍之介の美神と宿命」（昭和二年秋）と「『悪の華』一面」であった。

この中で『『悪の華』一面』が一番「思弁的」で、直線的に芸術家における創造の過程を追っていた。小林はしかしこの論文は「未完」だと言った。

「ちゃんとそう書いといたんだが、編集者が、それじゃ体裁が悪いといって、『終り』と直したんだ」

いま私の持っている『仏蘭西文学研究』は、幼い鉛筆の字で、未完と直してある。

この思い出を、私は昭和二十八年、角川版年譜を作るために、小林の留守宅にあった集りの席上で話した。それはそのまま秋山がまとめた「年譜」に採用された。無論これはわれわれが書誌学的に訓練されていなかったためで、本文にある通り「終り」としておくのが正しい。

私はこのことを江藤氏には話したが、吉田氏には話し忘れていたので、色々議論の出る余地を生じたらしい。

今日小林がこの論文を好かないのは、逆説があまりにもシンメトリカルに配置されていることだろうと思われる。「論理は情熱だ」とその頃から、小林は言っていたので、あまり堅苦しい論理的進行を、自ら束縛と感じたのか。

論文としては、「何もつけ加えようもなく」完結していても、思想的に未完成であったから、（題名に「一面」とつけ加えた点に、小林の留保は見ることが出来よう）『近代絵画』をボードレールから始めねばならなかった、という吉田氏の指摘は多分正しいと思われる。

（一九六四年九月）

死蔵すべきではない

こんど六通七枚の武者小路実篤、志賀直哉の小林秀雄宛葉書を近代文学館に寄贈するに当って、この文献をめぐる事情を説明しておきます。

これは昭和三年五月、小林が奈良へ行った時、彼自身の手稿や、中原中也、富永太郎の書簡、詩稿と共に、長谷川泰子の手許に残したものです。昭和二十二―二十八年に泰子より私が譲り受け、以後手許にありました。

昭和三十五年、江藤淳が『小林秀雄』を『声』に連載した時、小林の許可を得て、貸したことがあります。江藤氏はその著書に志賀書簡一通、武者小路書簡二通を引用しています（昭和三十六年初版、四十一―三頁）。しかしなぜかその後、志賀全集、武者小路著作集の編集の際に、私の方に連絡なく、収録洩れになっているものです。

いつまでも私が死蔵すべきではないので、この度野上弥生子先生より私宛書簡二十二通を日本近代文学館へ寄贈する機会に、一括同じ処置を取ることにしました。内容を発表するについては、武者小路、志賀の遺族の承諾を得る必要があるので、同館の処置に任せるのを適当と考えたのでした。

武者小路第一信奈良市水門町発大正十五年五月八日付は東京杉並町馬橋二二六番地宛になっています。これは小林が杉並町天沼に泰子と同棲する以前、母妹と共にいた家で、これは小林が泰子と共に二カ月同居していた日付を示します（高見沢潤子『兄小林秀雄』）。内容はボードレール「エドガー・ポー」の翻訳に関するもので、昭和二年五月、「新しき村出版部」から刊行されます。

武者小路第二信は同所発、相州鎌倉長谷大仏前館鉄谷氏方宛で、志賀直哉論を見てくれるかとの問合せに対する返事です。江藤氏はこの書簡は引用していませんので、写真版（省略）にします。不完全消印の下にある横書き細字（11・8附より前ならん）は、大岡の推定です。

ここで問題にされている志賀論は、志賀書簡、武者小路第五信に出る「志賀直哉の独創性」で、「志賀直哉」（『思想』昭和四年十二月号）の原型と見なされます。十一月八日は第三信の日付、それ以前と推定するのは、第三信を読むとその時点で小林が逗子移転を予告していた可能性があるからです。ここで『中央公論』『改造』などが紹介先として出て来るのは、この年の『文藝春秋』二月号に小林が「佐藤春夫のヂレンマ」を発表していて、武者小路の書簡のていねいな文面は、この時期小林が文壇的に案外重視されていたことを示します。このことはとかく見落され勝ちですが、『文藝春秋』へ載ることは大変なことだったのです。鎌倉在住の文藝春秋社員作家菅忠雄（虎雄の子）の仲介であろう。

武者小路第三信は同発同宛、消印の下の横書日付（15・11・8）は大岡の拡大鏡による読み取り（近代文学館の読み取りでは11・12）、翻訳の印税の一部二十円を電報為替で送ったことの確認。小林も新しき村出版部も窮迫している様が窺えます。

武者小路第四信十二月二十二日付は、印刷転居通知、和歌山市外和歌浦町一ノ一、「二月中旬まで」とあって、仮りの住居であったことを示す。宛名は住所逗子新宿一二《（ママ）》一一池谷氏方。当時の流行作家池谷信三郎の家をたしか池谷の外遊中借りた。同年中に上大崎の河上徹太郎の家の付近の白金台町に越します。

志賀書簡は二枚の連続葉書で、親しい間柄か、目下の者に対して時として取られる書式です。奈良発池谷方宛十二月二十二日発、「私の論の事此間武者からきゝ楽みにしてゐます」とあり、原稿はまだ武者小路の手許に届かず、話だけ出た感じです。

また新潮社の中村武羅夫に預けた小林の原稿を新潮社員の佐々木千之がどこかで見たといっていると告げている。武者小路第二信との関連で「志賀直哉の独創性」と私は『朝の歌』で速断しました。しかし江藤氏の考証により『山繭』大正十四年二月号に発表された

「ポンキンの笑ひ」の改作「女とポンキン」であることが判明しています（当時生存の佐々木氏の証言）。

武者小路第五信、昭和二年一月十八日付は和歌浦発、逗子新宿宛、「志賀直哉の独創性」の読後感を記す。「見方が根底からされてゐる」と認められています。「僕にはぴったりしない個処もありましたが」との留保つきであるにしても「根底から」は白樺派語彙では最大の讃辞です。他に廻した方がいいと思うとありますが、その後どこにも発表されていません。この年の四月春秋社から武者小路編集で創刊された『大調和』の十二月号に載ったのは、やはり小説「女とポンキン」でした。

（一九八六年五月）

II

ソバ屋の思い出

小林さんとの附き合いは、もう三十年に近くなる。その間、小林さんにも、僕の方にも、境遇の変化があったが、附き合いはいつも同じである。

七つ年上で、普通なら「先生」というところだ。実際僕が小林さんにはじめて会ったのは、十九になりかけの頃で、僕に文学というものをほんとうに教えてくれたのは小林さんなのだが、小林さんはさっぱり先生顔をしないので、自然こっちも弟子顔をしないことになっている。

小林さんは自分のことを考え抜いた人だ。考え抜いた、その一番かんじんのところは人に伝えられないということを、骨身にこたえて知っている人だ。

小林さんの書くものに、いつも孤独の影がさしているのはこのためである。いくら口をすっぱくして、いって聞かせたところで、相手は自分がわかることしか、読みとりはしないということを知っているのである。

人が変にあとからひょこひょこついて来るのが、我慢ならない性分だとわかっているから、なるべく小林さんとは違ったことをやることにしている。

三十年の長い間には、色々の時期がある。昭和三年まだ大学生で、僕にフランス語を教えるついでに、文学を教えてくれた頃。七、八年頃青山二郎、河上徹太郎などと一緒に酒を飲んだ頃。十二、三年鎌倉扇ケ谷の家の近所に下宿して、一緒に鎌倉の山を歩いたり、モオツァルトのレコードを聞かせて貰ったりした頃。それから僕は神戸で月給取になって少し附き合いが途切れるが、終戦後上京して、暫く雪ノ下の今の家の離れに家族諸共おいて貰っていた頃。最近はゴルフ附き合いである。

それぞれの時期について思い出があるが、一番強烈なのはやはり、昭和三年初めて会った時である。

富永太郎詩集の編纂者村井康男が僕の高等学校の国語の先生で、その紹介でフランス語の個人教授を頼んだのである。

当時僕の家の応接間には、親父がどこかでつかまされた鎧がおいてあった。初対面の時、僕が入って行くと、その鎧に取っついて、兜の内側をのぞき込んでいるのが小林さんだった。

身体はあまり大きくないから、鎧の方がひと廻り大きい。そのひと廻り大きい奴に取っついた恰好が、かみつくような感じだった。僕の入って行く音で振り向いて、すたすたと席に戻って来た無雑作な歩き振りは今と同じである。

「これはほんものかい」

と訊いたと書くと、近頃の「真贋」談義とあまり話の辻褄が合いすぎるが、事実そうなんだから仕方がない。

骨董に限らず、ほんものとにせものの区別は、いつも小林さんの念頭にあるのは疑いない。

ボードレールの散文詩を読んでくれることになったが、Désespoir d'une vieille. を、

「ばばあの絶望」

と呶鳴ったのに度胆を抜かれた。たしかにそうには違いないが、とにかくこれはフランス語であり、散文詩の題である。

当時アテネ・フランセの男女共学や、堀口大学の桃色訳に色どられていたフランス文学に、まったく別な学び方があるということを僕は知ったのである。

中原中也、河上徹太郎、中島健蔵、今日出海、佐藤正彰なぞ、当時辰野門下或いはその周辺の人々を次々に知って行ったのも、小林さんを通じてである。そしてそれはみんな、「ばばあの絶望」流に、フランス文学を考えている人達だった。

何処へでもついて来る中原中也は、忽《たちま》ち授業に立ち会うようになった。一時間の授業が終ると、一緒に町へ出て、ちょっと一杯ということになる。

当時僕の家は渋谷の栄通りにあった。今ほど開けていないが、坂を下りれば、すぐ渋谷駅附近の繁華街である。一軒のソバ屋へ入ったら、小林さんが、

「ソバ屋、ビール持って来い」

と吸鳴ったので、またびっくりした。ソバを販売しているのであるから、そこはソバ屋には違いない。しかしソバ屋へ入れば、中にソバ屋しかいないにきまってるのに、何故「ソバ屋」と呼ぶ必要があるのか。

しかし後で人に聞くと、小林さんがこの時「ソバ屋」と吸鳴ったのは、単刀直入の趣味からだけではなかったらしい。

当時東大の食堂は「ソバ屋」と「マンジュウ屋」の二つに分れていて、テーブルを陣取った学生は、その二つを吸鳴り分けていた。その癖が普通の「ソバ屋」に入っても出たのではないかという。

しかし大学の食堂へ出入りした人は小林さんに限らないはずであるが、ほかに「ソバ屋」で「ソバ屋」と吸鳴るのを聞いたことはないから、やはり小林さんは「ソバ屋」で「ソバ屋」と吸鳴るのが好きなたちなのだと考えておく。

（一九五六年八月）

文化勲章

小林さんは私の四十年来の先輩である。はじめて会った昭和三年には、東大仏文に在学中で、河上徹太郎、中原中也などと文学の話ばかりしていた。仲間から勲章を貰う人間が出て来るなんて、考えた者はなかった。

その頃の勲章といえば、軍人か官吏が貰うものと相場がきまっていた。そんなものになりそうな人間は一人もいなかったからである。

文化勲章を作り、小林さんのような人の業績に報いる道を開いたのは、戦後文化国家の進歩である。

小林さんの生活は戦時中、「無常といふ事」を書いた頃から、引退の形になっていた。時たま、随筆、対談、講演という形で、意見を発表するだけだった。鎌倉の高台の家に引き籠って、モオツァルト、ゴッホ、本居宣長など、自分の好きな題目を選んで、こつこつ書き続けて来ただけである。文化勲章が向うから自然にやって来たのである。

方々からお祝いの会の申出があったが全部断ってしまったという。小林さんらしい。小林さんがいまやっている仕事は『新潮』に連載している「本居宣長」だが、そのため種々の江戸時代の文献のほかに『古事記』『源氏物語』を全部読む必要がある。悠々自適しているようで小林さんの毎日は、労務者のように、びっしり詰まっているのである。会に出て、酒を飲ませられ、他人の演説を聞いている暇はないのである。

小林さんは弟子をつくらない。わざわざそうきめたわけでもないだろうが、自然そうなってしまった。

中村光夫と私が、七つから几つ年下で、弟子といってもよいが、小林さんはちっとも先生ぶらない。教えるより、自分で考えさせるのが、昔から小林さんの流儀である。それを知ることから、小林さんの仕事ははじまっている。自分を知り、そして世界と人間を知っていれば、人にものを教えるなぞ、そら恐しくて、出来なくなる性質のものである。小林さんの文章は、読者に自分で考えることを求めている。

いつまで経っても、小林さんは四十年前と同じである。日本文化の最高の稜線を歩きながら、これは一つの大変謙遜な心である。四十年、小林さんが人前で威張ったり、偉そうにするのを見たことはない。その魂の底に、いつも一種のはにかみがあった、と私は思っている。

（一九六七年十一月）

旧友　小林秀雄　青山二郎

「美について、小林と俺とどっちが元祖か、今にわかるさ」と青山は時々威張る。いかにも小林が瀬戸物を見始めたのは青山という友人がいたことによるのはたしかだが、小林にいわせれば、どっちが元祖なんてことは問題でないところまで行くのが「出藍の誉れ」の定義なのである。

二十年前、青山は新進評論家小林秀雄をとっちめ得る唯一の人物であった。今日小林は蔭口一つで、美的達人青山二郎に、一日中やけ酒を飲まし得る唯一の人物である。

長い歳月、斬りつ斬られつ、二人で何を鍛えたか、当人同士もわからないだろう。人生は美しく瀬戸物も美しい、ということだけが事実である。

「君子の交わりは水の如し」が最近小林の口癖だが、むろん、時あれば水の低きにつく如く会い、会えば水のように凝滞なくまじわり合うという意味であろう。

カメラはその時の一つであった。

（一九五〇年六月）

小林さんと河上さん

小林さんも河上さんも、ちっとも先生顔をしないので、自然こっちも弟子顔をしないことになってるが、実際は僕の先生である。

昭和三年高等学校の二年の時、こういう先生方を知ったことが、僕の一生をきめてしまった。これに青山二郎、中原中也、を加えれば、僕の先生のリストは揃うことになる。

小林さんは昭和四年「様々なる意匠」でデビュー、河上さんは七年に「自然と純粋」を出した。先生方が偉くなる前から知っていたため、機会はいつも僕の前に、開け放たれていたといってもよい。

昭和六年まだ京都大学にいた頃、河上さんから手紙を貰った。大体次のような文面だった。

「気が向いたら『作品』に何か書かないか。このところ文壇の登録簿は窓口へ出っぱなしだから、君はただ名前を書き込みさえすればいいんだ。こう書くと、君の怯い顔が眼に見える。頼むからそうひがまないでくれ。何でもいいから、とにかく書き給え」

『作品』はその頃井伏鱒二、堀辰雄、中村正常、永井龍男等、それに小林さん、河上さんが加わった半同人雑誌だった。そこへ河上さんが大学生に書けと、すすめてくれるのは、人がいなかったからである。それでも僕が書かなかったのは、書きたいことがなかったからである。

書くことがないという場所から、書くという賭をしている人達を批判的に眺める——これが以来二十年、非才と怠惰から何もしないで、偉い先生や友達の仕事に対して来た僕の態度である。河上さんが「ひがむな」といったのはこのことを指す。

そして自分の仕事に縛られてしまった現在は、ほかのことをする暇がないために、他人の仕事に嫉妬することで、終始している。

昭和七年に学校を出て、『作品』に文芸時評なる文章を載せたら、小林さんにおこられた。

「へっ、文芸時評が聞いて呆れらあ、河上徹太郎氏曰く、なんて柄ですかよ。書きたいことがなかったら、何故書きたいことが出て来るまで黙っていないんだい。それぐらい辛抱が出来ないのか」

「霊感があるなしにかかわらず、日に三枚書き給え」というスタンダール＝アランの教訓を知ったのは、それから十年たった後だった。しかしその時はすっかり怠け癖がついていて、後の祭りだった。

現在僕はとにかく仕事みたいなことをやっているが、僕の書くものが小林さんや河上さんに、満足を与えていないのは、わかっている。中原中也が生きていたら、何ていうだろうかと、考えてみただけでぞっとする。

僕の小説は、小林さんや河上さんが批評文で色々に表現した問題の核心を、回避することから、成り立っている。

周辺を廻って、細部をつまむということしか云っていない。

これはスタンダールの方法とも逆のものであって、僕はあらゆる意味で、師の名をはずかしめる者であるが、永年無為の中で待つことばかりやっていた僕は、あまり自分の未熟を気にしないという、がんこな癖を貯えてしまった。

そこでこつこつやっているのである。

（一九五三年五月）

わが師わが友

一　青山学院

青山学院という言葉がある——言葉ではなく実際に青山にある学校の名で、僕はその中学部を出ているのだが——言葉の方の青山学院は、それをもじって、青山二郎を取り巻くグループについたあだ名である。

生徒はもとは僕のような文学青年ばかりだったが、最近は有閑夫人や、実業家、女給、板前、女中と色々種類があるようで、みんなそれぞれ「ジイちゃんて、なんだか頼りにならないけど、とても親切で親切で、どうしてあげたらいいかと思っちゃうわ」と大変な人気である。

青山はオヤジの遺産が入るんだか、入らないんだか、少し頭の変な兄貴と三年越しに裁判をしていれば、大抵は弁護士に喰われてしまうだろうと、はたには見えるのだが、当人は結構お大尽の気で、ヨットを買ったり、トルコ風呂で浪費したり、何が何だかわからない暮しをしている。

　しかし言うことはたしかだ。青山が何者であるか、人間に会わなくても『眼の引越』という本を一冊読めばわかる。時々まずい英作文みたいな文章がまじるので、つまずく人もいるが、つまりそういうところに眼をとめなければ、こっちの身が持たなくなるほど、つらいせつないことが書いてあるのである。

　僕が青山に会ったのはずいぶん古い。二十年前まだ京大の学生だったころ、河上徹太郎に連れて行かれたのが初めてである。青山はその頃から一種の伝説中の人物だった。親父は『講談倶楽部』の長者番付に出るくらいの土地持ちで、(オットセイ丸という怪しげな薬をつかまされた人がいれば、それは青山のオヤジが売っていたものである) 麻布二ノ橋の川っぷちのオヤジの長屋に、おはんさんを大阪の「灘万」からはずして来て同棲していた。一軒おいて隣りをひとり者の永井龍男が借りていて、夜、古川へ張り出した窓ぶちを渡って飲みに来るという話だった。

　六畳と四畳半ぐらいの棟割り長屋の奥の間には、浜田庄司の瀬戸物とか、中川一政の絵とかがところ狭しとおいてあった。学生には、石ころがころがっていると同然だったが、――そこへ行くのがやっぱりこわくて、河上もまだ二度か三度目で、「よしのや」で景気をつけてから乗り込んだものである。

何の話をしたかおぼえていない。青山はその頃、何とかいう金持が支那から買って来た骨董を整理して、図録を出したところだった。これが若い（三十ぐらいである）に似合わず、骨董屋をおどろかす選び方だったらしく、骨董界の「鬼才」ということになっていた。今はやりの李朝の壺とか、呉須赤の皿とか言い出したのはたしか青山である。

青山は我々に見せるために『陶経』という三号活字三十頁ぐらいの和綴の本を自家出版していた。

陶器を見る心掛けと同時に、人間鑑定の心掛けを書いたものらしい。或いは「東京」にもかかってるそうで、わけのわからないことが書いてあった。本は貰ったその晩どこかへなくしてしまったが、今でも憶えてる文章があるのは、恥かしいようなものである。

「……虫のいい、猫かお前は、さにあらず、爪をかくして頬かむり……」

読んでると何だか自分のことをいわれてるような気がして来るのが、こういう文句のいやなところで、変な七五調になってるのは、我々が文学的に力んでることが、実は紋切型の一つにすぎないと感じ取られるように出来ている。

「泣かじ負けんぞ」――引き合いに出して申訳ないが、これは中島健蔵をもじったものである。中島が今日三十六の文化団体の理事になったのは、小林、青山に対する反感から発奮したためだそうだが、当時はお母さん子のボードレリヤンで、松本の高等学校で寮生にボイコットを喰い、泣く泣く碓氷峠まで歩いて来たが、頂上で「吾妻はや」といって引き返したという伝説があった。

小林秀雄を「小囃しすんだか」は説明をきかなければわからなかったが、ランボー『地獄の季節』の出版記念会を、「アル中乱暴の会」とつけたのは、傑作の方だった。

青山がどうして小林秀雄と知り合ったか知らない。大正十四年に出ていた『山繭』は小林の小説や富永太郎の詩をのせる一方、石丸重治の説明つきで、ゴチック礼拝堂の写真なぞのせていたから、多分そんな因縁で、知り合ったのだと思う。しかし当時はもうそういうことは知らなくてもいいほど、青山と小林はひと組と考えられていた。

小林はその頃ヴァレリイの『テスト氏』を訳していたが、我々の中で一番に「テスト氏」らしい感じがするのが青山だった。丈はあまり高くないが、胸は厚く、足が長く、均斉が取れた恰好をしていた。色白の肌は女のようにきめが細かかった。水泳が得意で、日本チームがオリンピックで優勝しようという時節に、神伝流奥義の型を、伊東や館山の海でひとりで楽しんでいた。クロールのうまい河上がひやかすと、少し御機嫌がよくなかったという話であった。

小林秀雄は無論当時の酒の席で一番こわい人で、誰もかなわなかったのだが、その小林を時々やんわりとっちめてくれるのが、青山二郎だった。無論青山もこわいおじさんで、言葉は小林よりおだやかだが、そのものずばりと来るのは、瀬戸物の真贋を見分ける要領らしい。

しかしそのうちに小林は鎌倉に一戸を構えるし、みんなだんだん忙しくなり、というのは、つまり自分自身というものより、一旦世間の前においた自分を、どう変えて行くかということの方が大事になって、「よしのや」会談は少し下火になった。

そのうち小林秀雄が瀬戸物を買うようになった。その頃のいきさつは小林が「真贋」という文章に書いている。僕も戦後しばらく小林の家の離れに厄介になっていた時、少し仲間入りしたことがあるのだが、二人の真贋論のすさまじさは、また「よしのや」時代に帰ったようだった。

小林は出藍の誉れと威張っていたが、青山は小林の買い初めの頃を知っているので、先の先まで見えているという振りで、わざと落着き払っていた。

鉄斎の「七福神」は、梅原龍三郎も模写したくらいだが、それが偽物だというのが小林の発見で、つまり七福神の面がまずい、鉄斎ほどの人がこんな顔を描くはずがないという鑑定法で、そんなものをかついでいる青山の眼力について、がんがん三時間どなるのを、青山は少し口惜しそうにきいていた。

小林はその後関西の方の旧家を廻り、鉄斎を三百点ほど二日か三日で見て、五、六点持って帰った。それを青山に見せてるところへ、僕は偶然立ち会ったが、小林が一幅鴨居から垂らす毎に、青山は折りたたみ眼鏡をちょいとかけて、たんびに「いけねえ」といった。便所へ行った際に、小林は僕の顔を見て、

「おれもいけねえと思ってたんだが、念のためあいつにいわしてやったんだ」

と、ぺろりと長い舌を出した。小林が舌を出すのを見るのは、あとにもさきにもこの時だけで、よほど慌てたらしかった。

小林は色々鉄斎を買ったが、家へおいとくうちに贋物に見えて来るらしい。そこで売ってしまうのだが、贋物だから売るというのでは損をしなければならぬ。さんざん講釈をした揚句、

「黙っててくれよな」

ということなので、僕は地面に穴でも掘って吹き込みたい思いを我慢していると、なんのことはない、小林は酔払って自分で方々で吹聴して歩いているのが、あとから僕の耳へ入って来るのだった。

僕は青山と小林の真贋談義を聞かされたおかげで、骨董は見るとまず「贋物じゃあるまいか」と思うようになった。そしてそれは大抵その通りなので、あまり淋しすぎて、足が

遠のいた。

昔から僕はこういう五つから七つ（青山は八つ）年上の仲間の中にいたため、早熟なんぞといわれることがあるが、中原中也は晩成型だといった。その頃の悪たれぶりが、このところ偶然いろんな人の思い出話に出て来るが、別に深い仔細はない、丈伸びしていただけである。あとがないから攻撃的に出ただけで、結局は負けても、五分という甘ったれ根性だった。

しかし三年も同じことをやっていればいくら僕でも考える。いつまでも文学的チゴさんで、時間を空費しているのが不安になった。

僕はだんだん黙り勝ちになったのだが、それは自分の言葉が、ほんとかどうか、言う前に考えて見るということである。この感想を青山のいるところで言うと、

「たやっ」

と向うから声をかけられた。つまり言う前にいろいろ考えるなんて、実際は出来ない相談だからこの言い草も僕の見得だということがあきらかになったのである。どっちを向いても、のがれる道はない。

僕が泣かされているのを、小林は、

「そりゃ無理だ、あんな若いのが、青山にかかっちゃ可哀そうだ」

と同情してくれたが、青山にもたった一つ弱点があった。それは「無学だ」と言われることである。

　河上といっしょに「惜しいことに学がない」とからかうと、バーの女の子の前でも、両眼から涙がするすると出て来て、とまらないのである。我々が大学出で、青山が麻布中学を三年か四年でやめてしまったのを、学がないというわけではないのだが、青山が骨董や美術の世界で、苦心して会得したことを、我々がフランス語で発音したりするのが癪らしい。

　最近のことである。「悲恋なんてものはない」とからむから「恋愛には陽気なところがなくてはならぬ」というアランの言葉を知ってる旨を伝えると、

「俺のは自分で考えたんだぞ」

と口惜しがる。ところが「思想は自分で発明したと、威張る理由はない」と同じアランの本に書いてあるのである。

　青山はやがて赤坂に一軒家を持ったが、我々は銀座で飲み飽きると大挙してしけ込む。おはんさんがいやな顔もせずに、酒を出してくれるのだが、或る日こたつのそばに青山の日記があったので開けてみると、

「ひとのうちへ、よる夜中だけ来るような奴とは、おれは合わないのである。結局おれの

友達は小林一人だけじゃなかろうか。他の奴とは合わないのである」と書いてあった。われわれは青山がなつかしいから行くのであるが、その身勝手が彼には気に喰わないらしい。

そういう時永井龍男がいると、ひと言洒落かなんか言って、さっと浅草の安待合へ連れ出してくれる。だから永井はおはんさんに評判がよかった。

その頃我々の飲む酒は、大抵青山と河上が払っていた。「今日は河上、明日はジイ公」と僕が言っていたとか、僕は忘れていたが、青山は憶えていた。後では高利貸から金を借りてまで飲ましてくれた。

或る日の午後行くと、(その頃は四谷の花園アパートでひとり暮しだった)鳩居堂の罫紙に、利子の計算を細かく墨で書いて睨めっこをしていた。

「大岡も飲んだくれてばかりいねえで、俺達が飲んでるところでも、小説に書いたらどうだ」というから、

「お前さんが借金の勘定をしてるところから書き出そうか」

これは僕としては最大の讃辞のつもりなのだが、青山はひどくいやな顔をした。

現在の青山は実は奇妙キテレツな生活をしている。二ノ橋の土地に、青山のファンのバーのマダムが家を建て、青山はその一室を占居しているのだが、色の恋のということは全

然ないのだから変ってる。しかも青山はそこにも落ちつかず、少し金が入ると、子分を連れて、方々を飲み廻って、十日も半月も家へ帰らない。装幀は一時ほど流行らなくなったので、この頃は文章を書いている。そこらの評論家がしゃっちょこ立ちしても及ばないことが書いてあるのだが、「そのものずばり」ばかりねらっているからわかりにくい上に、枚数も少く、商売にはならないらしい。

それでも先頃『芸術新潮』にのったリーチの展覧会の批評は、青山の見識がわかり易く出ていた。ＮＨＫが「朝の訪問」に来たくらいだが、青山は一人で喋るんじゃないといやだ、と断ってしまった。

書く以上人に読ませなければつまらない。飛び出す映画の眼鏡みたいなものを、一度読者に持たせてしまえば、あとはなんでも通用するようになるんだから、とすすめてみるのだが、青山は断じて眼鏡的なものは書かないそうである。最近読んだものは、本誌先月号で河盛さんが紹介したアランとヴァレリイ「賢者の対話」が一番面白かったという。

僕が先生にこんな忠告がましいことを言うのは、この頃少し人に読まれるものを書くようになったからなのだが、処女作が載せ手がなく、東京を廻っていた時、青山は読まずに方々へ推薦してくれた。

当時『文學界』の評判の悪い編輯者が青山の子分だったが、同人と喧嘩して止める最後っ屁に、何かあっといわせる小説を物色していて、『俘虜記』に賭けてみたら、雑誌がよく売れた。

編輯者は有頂天で、あるオールド・リベラリストがくれた葉書をふり廻して酔払っていた。

「あくまで人間性の真実に迫る努力」とかなんとか、書いてあった。

「人間性とか真実なんて糞喰えだ」

と僕がいうと、青山は本気になって怒った。

「そんならこの葉書破くけどいいか」

「ああ、いいとも」

彼は破いた。青山学院への入学以来二十年、僕はいつまでも鳴かない鶯で、学院の害毒の証拠みたいに、林房雄に威張られていたのである。それがはじめて他人からほめられたので、青山が喜んでいるのを、「糞喰え」と言わねばならない作者のイコジなのだが——

「お前はシンから悪い奴だ」

と青山は涙を流して怒っていた。

「お前のまわりには、碌な奴がいねえじゃねえか」

と以前小林がからんだ時、青山は、

「お前がぶっこわしたあと始末をしてるんだぞ」

とやっぱり泣いて怒った。小林もしまいには涙ぐんだ。

青山はどんな人間でも決して棄てない。退屈し切った奥さんから、あぶれ者の職人に到るまで、それぞれその人のいいところをつまんでつき合っている。どこかにいいところがない人間なんかいないのだが、ほかの悪いところをみんな我慢するのは、出来ないことである。

その青山にサジを投げられたのだから、僕はよほどの出来損いである。偽悪家どころの騒ぎではない。

二　新帰朝者

堀辰雄が死んだ。友達や知合いが方々の雑誌に弔文を書き、それがいい読物になった。或る雑誌など、増刷した。

信州で手のひらほどの肺で生きている人間の悪口をいう奴はなかった。往生したらみんなで賞めた。近頃文壇の快挙といってもよい。未亡人はよろこんでいるだろう。しかし僕は堀辰雄の人も作品もきらいなのである。

『聖家族』を雑誌で読み、ラジゲのオウム的口真似に不快を感じて以来、堀の作品を読んでいない。二、三度銀座や追分で会った感じでは、空とぼけたいやな奴だった。

その後彼は意志的になったそうだが、誰だって死病に取りつかれれば、意志的にならなければ生きて行けない。それを文士だから珍重する理由は全然ない。王朝物、信州物なぞ、最近必要があってざっと読んだが、よくもこう臆面もなく、出鱈目が並べられたものだ、と呆れたのである。

粧《よそお》われた心だけが、粧われたものに感服する。とむかし小林秀雄が言ったが、堀の作品と高級ミーハーの間の関係は、その標本みたいなものである。

むかしの軽井沢は閉ざされた社会で、宿屋住いの三文文士なぞ病犬みたいなものである。その文士が、櫟《くぬぎ》林の緑とか、自転車に乗った毛唐の少女の洋服を作文するなぞ、恥と心得ねばならぬ。

しかしこれはまあ誰でも知っていることだ。僕のような傍観者でなく、もっと親しく毒にあたった人達が、葬式面にくたびれてから、いってしかるべきことである。そういう人がみんな黙っているのだから、僕も黙っているべきだろうと思う。

本誌先月号に河上徹太郎がジードと堀の類似を指摘していた。僕はジードは若い頃傾倒して、卒業論文も『贋金つくり』を選んだくらいだが、その後スタンダールを知ってからは、一行も読んでいない。最近『秘められた日記』を読み、死んで嘘を残す男の執念みたいなものに、ゾッとした。

日本には芥川龍之介がいるのだが、芥川、堀、ジードと関連させて、今月は書くつもりだったが、どうも悪口を書くのは不愉快である。

何を書こうかと思案していたら、幸い小林秀雄と今日出海がヨーロッパから帰って来た。某月某日鎌倉の両家に挨拶に行って土産話を聞き、大いに得るところがあった。両先生共しばらく帰朝談を書かないそうで、当人が書かないものを、訪問者が不確かな聞き書を発表するのも異なものだが、堀やジードの悪口を書くよりは気が進む。両先生には勘弁して貰う。

今日出海先生は夜は歓迎会で東京へ出なければというので、午後二時頃二階堂の今家にまず到着した。

何とかいう戦前の金持の家を買ったもので、二十畳敷のサロンがある。一昨年引越し立ては、広い嵌木《はめき》の床の片すみにチョッピリ絨毯が敷いてあるだけで、ガランとしていたが、その後『現代紳士録』『怒れ三平』と書きまくり、絨毯も床一杯にひろがり、安楽椅子の数も増えて、大分かっこうがついて来た。

帰朝後、はじめて踏み込んで、まず眼についたのは壁間に掲げられた上等の複製である。

ゴッホのバラとルオーの女の首である。ルオーにしては珍しい美人で、最近パリで出版された五百部限定版なる由。

「いいなあ」

「いいだろ」

「何かお土産をくれるはずだったね」

「駄目よ、大岡さん」とそばから桂子夫人が口を入れる。「折角日出海が気に入って買って来たのを、何のうらみがあって、くれなんておっしゃるの」

「ワハハハハハ」

笑ったのは今先生である。今先生ことコンちゃんと僕は随分古い知り合いだ。最初は昭和三年に中原中也と一緒に、僕の渋谷の家へ来てくれたのが初対面である。

当時今日出海といえば、新進作家集団『文芸都市』のメンバーで、一高校生の僕のところへ来てくれるとはいかなる筋合かと怪しんだが、近頃先生自ら御執筆の回顧によると、トンカツを喰いに来たのだというから、人を馬鹿にしている。

当時今ちゃんはまだ部屋住で、或る日中原と街頭で一文無しになったら、中原が突然、「トンカツを喰おうか」といったそうである。

「金はないぜ」

「おれにまかせておけ。ただで喰えるうちがすぐそこにある」

当時小市民の台所に最初に入り込んだ洋食はトンカツで、僕のうちでも客があると大抵トンカツをつくった。（カレーライス、当時のライスカレーは、到底素人の手に負えず、洋食屋で喰うものにきまっていた。小林秀雄がライスカレーを喰って、世の中にこんなうまいものがあるものかと感心したというのは、その少し前である）それを中原が知っていて、今ちゃんと二人で、文学を教える振りをして喰いに来たのである。

そのうち今ちゃんは結婚して幡ヶ谷に家を持った。玄関傍に応接間があって、そこからチェロが聞えて来ると、在宅とわかった。桂子さんはトンカツではなく、色々複雑な西洋料理を出してくれた。近所に佐藤正彰がやはり部屋住のまま結婚していて、その奥さんの鏡子さんも料理がうまかった。

こんな思い出話になってはきりがないが、要するにそれから二十五年、僕は今ちゃんの家の晩飯は何度喰べてるかわからない。今は慶応へ通っている円子《まど》、無畏子《むい》二人の娘が、鶴岡八幡様の鳩に豆をやりに行くのが日課だった頃から知っていて、円子ちゃんを大きくなったらお嫁にくれと言って、桂子夫人を狼狽させたことがある。

よく聞いてみると、今ちゃんはこれでフランスへ二度、フィリピンへ三度、ハワイへ二度行ったことになる。日本人としては外国へよく行っている方である。これまでは帰ってくると、ペラペラペラペラペラ喋り立てて、大抵ひと月もすれば一年の印象を喋りつくしてしまうのが常だったが、こんどは不思議に黙っている。

「パリは堕落したっていうじゃないか。昔の上海と同じだっていうじゃないか」と水を向けても、

「ふーん、誰が言った？　そんなこと、ないだろ。別に変っちゃいないだろ」と含蓄ありげである。

「なんでもむやみに高いそうじゃないか」

「ふーん、誰が言った？　ケチな奴にゃ、どこへ行ったって高いような気がするさ」

小林秀雄は羽田に着くと忽ち向う一年何も書かないと宣言したそうだが、今ちゃんもしばらくは書かないそうである。

「馬鹿にしてやがるじゃないか。小林と弥次喜多道中みたいに思ってやがるんだな。帰って早々、道中記が、おかしくって、書けるかってんだ」

「小林は外国でドナる相手がないんで、今ちゃんばかりドナッてたってほんとかい」

「誰が言った？　そんなこと全然ないですよ。第一酒も飲まないしね。毎朝十二時まで別々に勉強してましたよ。小林は旅行中一度もドナッたことはない。あんな我慢強い人はないね。小林をドナらす、日本の空気が悪いんだね」

「へえ」と小林さんに会うと必ずドナられる僕は首をすくめる。

「おれの方が我儘になっちゃってね。小林はよくお守りしてくれたよ」

今ちゃんがカンヌ映画祭に出席した時のことである。世話人の手違いで、迎えが来るんだか来ないんだか、間際になってもわからないことがあった。今ちゃんがすっかり癇を立てて「出ねえ」と電話でドナッていると、小林さんがそばから、

「まあ、今ちゃん、そう怒るな。出ないと向うで困る人が出来るからね。とにかく顔だけ出してやんな」

と、世話女房のようにタキシードのボタンまでかけてくれたそうである。

「そうよ。日出海はほんとは、我儘な人なのよ」

と桂子夫人が註釈を入れる。二十五年の付合いで、僕は今ちゃんの我儘には、一度もめぐり合ったことはないのだが、家庭と外国だけで発揮されるとは、変な我儘もあるものである。

この前昭和十二年にフランスへ行った時は、こわれたダンヒルのライターをくれた。私がその足で質屋へ入れてしまったというのが、今ちゃん得意の作り話で、大岡には土産物はやらないとかねがねの宣伝であったが、「大岡にはちいさすぎるだろうが」といや味をつけ加えてフロレンスの紙入れをくれた。青い薄いいい皮で、軽くて美しい。

しかしやがて、今ちゃんの東京行の時間となり、小林家へ廻ってその紙入れを見せると、小林は、

「ああ、フロレンスは革が安いからな」

と言った。この話をすると、今ちゃんは、

「返せ」

と怒るのだが、一旦くれたものを返せとは。


前にも書いたように、小林秀雄先生は羽田に着くと開口一番、まだ税関の手続もすまないうちに、「向う一年何も書かねえ」と宣言してしまった。その気持はわからないことはない。新帰朝者という状態がそれを要請している。新しい印象を整理するだけでも一年はかかるべきである。何分間かの日食観測でも、結果をまとめて発表する段階に達するのは、二年後だそうである。

「パリで勉強ばかりしてたんだってね」

「そんな暇ありやしませんよ。何しろ珍しいものばかりだもの。見るのに精一杯だもの。外国へ行って図書館へこもって、文豪の手稿を虫眼鏡で調べたり、写したりしてる奴なんてものは、つまり外界を見るのをあきらめちゃったんだな。外界と縁を切るために外国に

行くなんて、気は知れねえってもんですよ」

「なるほど、方々へ行ったんですな」

「行きそこなったとこもあるけどね。イスタンブールへ行こうかと思ったんだが、トルコはあんた、ギリシャにあるんですよ。ギリシャはずっとトルコにやられちゃってたんで、そこらにある物はみんなトルコのもんだ。だからまあ行かなくてもいいやと思っちゃった。ただクレタ島を見ようかと思ったんだがね。丁度天気が悪くて飛行機が飛ばなかったからやめたね。それに、だいいち、あの迷宮って奴がさ、あれがにせ物なのさ。気違いの考古学者がこさえたもんですよ。そこらの本や写真に出てるのはそいつさあ。誰も表向きにゃ書かねえけど、ちゃんと察しがつくようにはなっている。ハハンと思ったから、行きやしねえですよ」

　まさかクレタ島自身が贋物だとおっしゃるのではあるまい。

「イタリヤの絵だって、補修がひどくてね。もとの絵なんて、あとかたなしだね。それにイタリヤは爆撃されてるからね。ピサの斜塔のそばの有名な壁画があるでしょう。わざわざ入場料払ってみたら、あんた、壁画がすっぽりねえんだよ。やられた跡を見せるのに金を取りやがるんだから、ひでえですよ。レオナルドの『最後の晩餐』だって、めっちゃめちゃだ。何にしろ遠いんだよお」

ハテナ、『最後の晩餐』がそんな遠いところにあるのかな、と考えてると、

「何しろ天井が高えから、くしゃくしゃしちゃって見えやしねえよ」

とサン・ピエトロのミケランジェロの天井画『最後の審判』に話は飛んでいるのであった。

「遠いんだよ」とそこの印象から出るところが、新帰朝者の発語法である。僕も戦争から帰った当座は、

「何しろ、ひでえんだよ」

と前おきしなければ、何も話せなかったものだ。

「何がどう描いてあるんだか、わかりやしませんよ」

スタンダールも『アンリ・ブリュラール伝』でサン・ピエトロの天井画を見て、ちっとも感動しなかったと書いている。友達から遠目鏡をかりて、やっとちょっぴり感動したと書いている。

スタンダールの『ローマ、ナポリ、フィレンツェ』『ローマ散策』を、去年発つ前に小林に貸したのだが、「ローマは夏行くに限る」と書いてあったとかで、

「ところがローマの夏は暑くって、とてもいられたものじゃないそうだぜ。そんな勝手な案内記は僕みません」

とあっさり蹴られた。

ローマは下等な下らない町だそうである。

「ヴァチカンの建物はまあ本願寺だな。法王の威勢で、下らねえものをいっぱい蒐《あつ》めたんですよ。いいのは千に一つもありやしねえ」

琅玕洞《ろうかんどう》は海が荒れてて入れなかった由。

「いいのはソレントだね。ずっと石の段々に家が建ってて、樹が植わってるんだ。それからマッターホルンがすごかったね」とまた飛躍した。

「じゃ結局いいのは自然ってことになりますか」

「そうさ、しかし自然を描写するってことは、自然じゃないね」

旅行者が珍しい自然の美に感動する、その感動を全部うちにしまって、まったくほかのことで生活する、それがすごいことだ、新帰朝者の沈黙の重さは、この感動の累積の重さである。

「芝居なんて観ちゃいられやしませんよ。台詞からアクションまで全部理解しようとすりゃ、頭が痛くなっちまうよ」

「台本を読んでってもだめですか」

「駄目だとも。台詞を聞き分けようと努力する。同時に俳優のアクションが眼に映る、これは分裂ですよ。そういう分裂した状態で、ぼーと劇場で何時間かすごして、芝居を見たような気がして帰ってくるんだな。全部間違いですよ。映画となると違うね。とにかく動いているものがあるからね。寄席もいいね。音楽会もいいさ。『魔笛』と『レクィエム』を聞きましたよ。日本に名の知れてない音楽家や楽団がしょっ中、方々で何かやってる。それがみんないいですよ」

「ロンドンの戴冠式はどうでした」

「ヤミ屋が儲けやがったろう」

「オランダは」

「主にヘーグにいたね。自動車で三時間ばかりのところに、ゴッホの絵が一堂に集めてある。ゴッホの絵はこういう風に展覧されるために描かれたものじゃないってことがわかったね」

「アメリカは」

「ニューヨークはいいよ。タテヨコがはっきりしたような町だ。丁度シーズンをはずれてたから、何もねえのさ。今ちゃんとパチンコ屋へばかりいってたよ。客は誰もいねえから、二人きりで一日遊んでたら、いい気持だったよ。しかし、まあ、今ちゃんと一緒だったからよかったよ。一人きりだったら、やっぱり淋しかったでしょうね。ピラミッドの中へ入ったって、くらやみでいきなりギュッと、腕をつかまえやがるからね。何をされるのかと思ったら、乞食さ」

僕も秋から一年アメリカからヨーロッパへ行くことになっているのだが、映画でゲーリー・クーパーがトランクをブラ下げてしょんぼりスイスのホテルに入って行く恰好なんて見ると、ああ、おれも今にああなるのかなあと、われながらそぞろあわれをもよおして来るのである。

三島由紀夫君も半年外国を廻って来て、威勢のいい紀行文を書いているが、何かの調子にフッと淋しい仮面になることがある。外国へ行くまでは絶対に見せなかった顔だ。あれだなと僕は思う。

しかしおれは大丈夫だぞ、大丈夫だぞと、自分に言いきかさなければ、出発出来ない。写真を見せて貰う。小林先生の写真術は出発ときまってからのにわか仕込みだが、被写体の選択に、一種の眼が働いていることがわかる。

ヴェニスの写真がある。『ヴェニスの商人』の舞台で馴染の床屋の看板みたいな棒杭が水の中に並んでる。建物がくすんでるのに比べて、いやに鮮明だ。

「これもしょっ中、塗りかえるんでしょうね」

「そうだとも、贋物だよ」

かくて話は又もや真贋談義に返った。

「青山に会ったかい」

「いや、まだだ。あいつに会うと、根掘り葉掘り聞きやがるからな。しばらく会いたくねえな。彼奴なんだって、羽田へなんか迎いに来やがったんだい。飛行機から降りてあいつのぎろっとした眼を見たら、おれはゾッとしたね。過去はもう沢山だよ。おれだって外国を廻ってくれば、色々空想がわきますよ。少し空想に遊ばして下さいよ」

（ただしそれから四、五日して青山に東京で会ったら、小林と二晩続けて会った後だった）

それから僕が本誌先月号に書いた「青山学院」について、

「お前は自分の記憶の整理がついてないよ。凡そ文章になってないじゃないか。ありゃつまりお前の威張りと怨みってもんだけだよ」

と散々お小言を頂戴して、十時半、

「泊るんなら泊ってもいいよ。別に構わねえから、そこらへ勝手に寝て行きな」という御好意であったけれど、

「明日は朝早く、朝日の沢野君が来ますので」と新聞小説を楯にとり、倉皇として退散に及んだのであった。

三　蜂の巣会

神西清、中村光夫、福田恆存、吉田健一、三島由紀夫、吉川逸治に僕の七人、二十四年から毎月廻り持ちで、各人の家で晩飯を食う会を持っている。「鉢の木会」という名称になったのは、たしか二十五年の末吉川逸治がヨーロッパへ行く送別の会上、「鉢の木の燃え残りたる夜寒かな」という中村光夫の迷句から出たもので、会の順番が当れば、鉢の木を割るような思いをしても、御馳走を作らねばならぬというほどの意味である。

最初中村、吉田、吉川の三人だけだった時は、毎回かならず、ペルシャ語の大家とか民俗学の権威とかをゲストに招く慣わしで、客間で高尚な好学的議論が闘わされると同時に、茶の間では女房連の井戸端会議が開かれていようという、なごやかな空気だったらしいが、我々までゲストに招いたのが運のつきで、これが居直りゲストの正会員となり、人数も増えたので、毎月集合して密議をこらしているように、色眼鏡で見られるようになったのは気の毒であった。

もじって「蜂の巣会」と綽名をつけたのは、小林秀雄である。昨年暮鎌倉ペンクラブで小林さんと今ちゃんの送別会があった時、

「すげえですぞ。こいつらの会は。ちょっと突っついてごらんなさい。ブンブンブンブン、蜂の子が飛びだして来て、ひでえ目に遇いますよ」

と花を持たせて発って行ってくれたのである。その十日ばかり前、その月の「鉢の木会」を、両先生の歓送会としたのだが、席上中村、吉川、三島三君がギリシャ語を使ったのが両先生をひどく驚かせたらしい。

「酔払ってくると、会話は全部ギリシャ語だからな」

というのは今ちゃん得意の作り話で、中村は戦争中から呉茂一先生に学び、三島は大学の講義を盗聴し、吉川はとにかく西洋美術研究家であるからギリシャの神様の名前ぐらいは知っているが、諸氏の造詣のほどは、まずいわぬが花というところであろう。

小林、今両先生の歓送会だから、みんな堅くなっていたので、これが普段の会となると、とてもギリシャ語どころの騒ぎではない。真先に酔っ払ってしまうのは吉田健一で、くねくねと芋虫が立ち上ったような身振り手振りよろしく、頭のてっぺんから出るような大声が、室内を圧するのが常で、他の人間は口を利くひまなんかないのである。そこで落着き払った神西先生は、

「ひとづまゆゑにわれこひめやも」

と万葉秀歌など口ずさみながら、女房連の御機嫌を取りに、茶の間へ去ることになる。

神西先生は我々とはけた違いの大先輩で、以前から二階堂の奥で孤立した生活を送っていたが、こんど我々を庇護するのに、興趣を覚えて下さったらしい。そこで老来とみに酒量を加え、且人づま趣味も養成されたらしい先生が、時としてわれわれの化べそ共の玉の腕の接触を楽しまれるのも、大目に見ねばならぬ。

吉田健一の傍若無人の酔払いぶりは、この頃堂に入った形跡があるが、僕がはじめて会った昭和六年頃は、ケンブリッジから帰ったばかりで、無論それまで酒など召し上ったことはなかったであろう。だから裏銀座のきたないバーで突如吐き気を催されたのも無理からぬ次第であったが、彼は椅子に反ったまま上方へ吐き出したので、ものは噴水のように四方に飛散して、彼の顔面と上衣をよごしたのであった。

しかし素面の時は、イギリス仕込みの礼儀正しい少年紳士で、人に会いたいと思う時、訪問するのは間違っている。よろしく相手をこっちへ招待して、断る自由を相手に与うべきだ、と教えてくれたのも彼なら、婦人の前でやたらズボンに手を突込んではいけない、と戒めたのも彼である。

それかあらぬか、彼はいつも両手をズボンから出して、体の上半身前方の空間に支えている。そしてシェイクスピアとブランク・ヴァースについて絶叫する時、それを急ピッチに頭上より高くあげ、おろす。しかも両肱は礼儀正しく両脇を離れないから、ひどく苦しげな姿勢になる。

青山二郎は「よいよいの滝上り」と評した。またわれわれとはどこか発声法が違う声を「お寺の障子」といった。お寺の障子は普通のものより、桟が荒い。それが破れていて風が鳴り「ほわん」といえば、まず吉田が時々発する奇声に近いのである。

吉田の日本語を今日あらしめたのは、専ら河上徹太郎の薫陶ということになっている。しかしその先生自身は稀代の悪文家であるから、その痕跡は彼の文章のいたるところに残っていて、いくら匿名を使っても、いっぺんでばれてしまう。

吉田は「お寺の障子」とからかわれながら、十年忠実に青山や河上の言説を傾聴し、遂に『英国の文学』で甚だ独自な文学史観を打ち出した。学の方は怪しいが「青山学院」の「そのものずばり」式精神があって、それが日本へ来る外国の婦人を驚かしたりするのである。

「笑ひの喪失」の中村光夫は、最近川柳に凝っている。忙しい中を、月に一回何とか研究会に出席している。最近「鉢の木会」が仲間の歓送、歓迎会になることが多くなり、記念にアルバムに記入する習慣が出来たが、これを変な腰折（？）で汚したがるのが、我々の悩みの種になっている。

中村の悪筆は天下に轟いたもので、吉田に僕を加えて、昭和の三筆といえるのだが、筆頭はどうしても中村が動かない。講演旅行に出ても、寄書き類を彼はひたすら辞退することにしているそうだが、或る時強いられて名前だけ書いたら、主催者側はシーンとなってしまったという話である。角川書店の『昭和文学全集』巻頭の筆蹟は、半日の練習の成果だが、それでも凸版を修正したという、これもレコードだろうと思う。

かくまで凄じき悪筆には、何か神経的なものが働いていると見てさしつかえない。肉筆は会話と同じくらい相手とのじかの関係にあるから、人と交際う気がないか、或いは同調を拒絶する精神があれば、字はうまくは書けはしない。

人に馴れない犬というものはあるもので、中村を犬にたとえるわけではないが、十年前中村にはじめて会った頃、彼の人づきの悪さはまず珍無類といってもよかった。原因の一部は彼の経歴の中にあり、一部はその抱懐する思想のためで、世間にところを得るために、世間との交わりを求める前に、世間を計量することから始めた若者の孤独である。

彼の中にはジュリヤン・ソレルが棲んでいて、実は彼の方が僕よりずっとスタンダリヤンなのである。昭和十一年にその頃誰も読んでいなかったスタンダールの若年の手記『アィロゾフィヤ・ノヴァ』を読破して、勤勉の精神を認めたのも彼なら、『アルマンス』のオクターヴが不能者でなくても小説は成り立つといったのも彼である。

当時フランスでも日本でも、スタンダリヤンはエゴチスムと詩的精神を騒いでいたのだが、最近の研究は、中村が自分の青春とフロベールと比べて、見破った傾向に向って来ているのである。

僕の神戸の酸素会社の同僚に中村光夫こと木庭一郎の一高の同級生がいて、色々彼の少年時代の逸話を知っている。数ある中の一つは、入学試験を突破すると忽ち「突破記」を『受験と学生』に送って五円の稿料をせしめたことで「僕の高等学校に木庭って悪い奴がいましてね」というのが、その同僚の常套的前置きであった。

この男は同業者同士の会合で、高等学校や大学の同級生の噂話をするのをサービスと心得ている男だから、木庭一郎こと中村光夫の旧悪は相当拡がっていると見なしてよい。「鉢の木会」はそういう彼にも気のおけない友人の集まりが出来たということで、彼は勤勉な世話人の役割をつとめている。彼が今ではよく気がつく社交人であることは、講演旅行へ行って、人なつこさから社交人となった今ちゃんが認めた。

講演旅行は地方巡業的な慌だしいものだが、お互いに人はよくわかる。昼夜行を共にするのだから、胡魔化しようがない。僕は公平の権化みたいな河盛好蔵先生をどんなに気むずかしい人か、洒脱横山隆一先生がどんなに臆病であるかなどを知った。

中村と京都の東寺を見に行ったことがある。丈が馬鹿高く、頭でっかちの東寺の塔は、線路に近いため、汽車の油煙で黒くよごれていて、丁度中村そっくりだという感想を、中村は満更でもなさそうな顔で聞いていたが、帰途そこらのごみごみした町中の荒物屋で、変な買物をした。

それは「垢すり」という代物である。今の人は知らぬだろうから、少し説明すると、これは五寸四方ぐらいの四角のこわい布片で、昔石鹸が今みたいに泡が立たなかった頃、一週間に一度はこれで皮膚をこすって、垢を落としたものである。

しかしこの明治時代の遺物は、中村より二歳年長の僕でもとっくに使用を停止している。現代は石鹸の製法が進歩しているから、何もこんなもので痛い思いをすることはない。中村に神経的なところがあるというのは、つまりこれで、四十すぎた今まで、原始的な垢取りで、ゴシゴシ皮膚が赤くなるまでこすらなければ、気がすまないというところである。

僕は極楽寺に足掛け四年いて、中村とは随分足しげくつき合った。他にも書いたように、毎日のように中村の家へ行って、ずいぶん仕事の邪魔もしたのだが、盗人にも三分の理で、僕としては幾分そういう中村の人に馴れないところへ、僕の人なつこさを押しつけて、感情教育をほどこしてやろうという慈善事業である。

その証拠にこんど僕が大磯へ越して来たら、中村の家へ客の坐る率がげっそり減って、彼は淑子夫人から、

「あなたは付合いが悪いから、大岡さんがいなくなったら、誰も来ないじゃないの」とお

こられたものでもわかる。

大磯の僕の隣人は福田恆存である。小林秀雄が「鳥みたいな人だよ」と教えてくれたのは、比喩だと思っていたのが、実際に五尺四寸の体へ重量が十一貫五百で、吹けば飛ぶような痩せっぽちである。海水着を着ると背中のあばら骨が見えるくらい痩せていて見っともないから大磯に住みながら海へ入らないそうだが、鼻も喉首も突出して、中々男性的風貌を具えていると、当人は自負している。

彼はこの文章が出る頃にはアメリカに着いているはずだから、気楽に書けるのだが、エリオットの翻訳をやりに、奥湯河原の「加満田《かまた》」へ滞在していた時、家族を愛する彼は、一日子供達を呼んだ。するとおしずさんという、いいたいことは何でもいう女中が、

「あら、福田先生でも子供がお出来になるんですか」

といったとか、福田はこれを一生で受けた最大の侮辱と考えている。

しかし福田の二人の男の子は、親父にかわって、頗《すこぶ》る男性的に成長する徴候がある。一日彼等は僕の男の子と遊ぶため、大挙してわが家へ来襲したことがあるが、書斎でうつらうつらしていると、彼等が喚声をあげて、家の周囲をかけ廻る声が、つむじ風のように快く聞えて来るのであった。

旅行から帰って見ると、門扉が縞様に修繕してあり、そこだけペンキが新しい。福田第

二世がこもごも二枚の門扉に取りつき、ギッコンバタンとゆさぶった結果、潮風に朽ちた木材が分解したのであった。

福田は酒は飲まない。「人生の大抵の間違いは、酒から来るんじゃありませんかね。悪口をいって人の怨みを買うのも、女と出来てしまってあとで後悔するのも、酒のためじゃありませんかね」という哲学者で、ローレンスを論じながら、七人の大家族を汲々として養っている。

彼の弁舌及び文章がさわやか且なめらかで、コンコンとして尽きざること、あたかも酔払いのくだの如きは、正に彼が不断酔うことを知らないためウッセキしているものを、紙上に解放するせいであろうと察する。

彼は「鉢の木会」でただ一人酒が飲めないメンバーで、素面で酔払いのくだを聞いているのは、さぞ辛かろうと同情するのだが、従って退散ぶりはきわめてあざやかで、汽車の時間が来ると、話の途中でもなんでも、さっと立って、すっと出て行ってしまう。最近彼の年譜が出て、戦時中方々の学校で教師をしていたことが判明し、さてはあの見事な退出ぶりは、教師が授業を終って教室から出て行くかっこうだと合点した次第である。

東京に住む三島も、退出があざやかである。忙しいなかを無理して、七時でも八時でも必ず到着するが、同時に十時半の終電に間に合うように、自動車をいいつけてあるのが常である。これはむしろ戦前の実業家の几帳面さで、且疲れを知らぬ精力のさせるわざである。

三島は我々より十歳以上年少だから、我々老人に適当に花を持たせ、適当に若さを見せびらかして帰って行く。従って我々の方でも適当におだて、適当に若さの弱点を見つけるのを防禦体制とすることになる。

彼が一昨年洋行した時、横浜へ送って行ったのは、几帳面な中村光夫だが、いよいよ船が出るという時になると、甲板上の三島は突然黒眼鏡をかけた。中村のそばにいた親類らしい婦人が、

「ほら、また眼鏡をかけた。べそをかくすためなんだよ」

といったという。そういう実話を蒐集して悦に入る。

三島は最近『秘楽』で、遂に表看板の男色から脱出した。つまり近く佳人と華燭の典をあげる準備工作ではないか、と気を廻すわけだが、そこで彼の男色が本物か文学的擬態か、佳人にかわってテストをする。

ハヴェロック・エリスによれば、男色家は緑色が好きで、演技を好み、また口笛が吹けないそうである。三島はうっかり口笛は吹けないと答えてしまった。

「そりゃ、本物の証拠だぞ」

と僕がひやかすと、あわてて、

「そうかなあ。でも、僕の場合は、そうだなあ、お祖母様が口笛は行儀が悪いっておっしゃったからですね」

クラフト・エービングが使った男色女色の鑑定法に、サーカスで男女どっちの曲芸師に眼が行くかというのがある。僕はこれまで見た女の姿勢で、一番気に入ったのは、ハーゲンベックの下っ端の女曲芸師と『三つの恋の物語』のピア・アンジェリで、女色且マゾヒスチックな傾向があるのは明瞭なのだが、三島は用心深くなって、なかなか答えない。

「僕はとにかく、制服を着た人間が、昔から好きでしたね」という返事であった。

同時代人を持たない三島は淋しいだろうと思う。僕も年少の頃、五歳から十歳年上の先輩とばかりつき合っていたため、考えばかりませて、体はもとのままという畸形児になった。自分の世代というものがないのである。一応先輩への反抗をきっかけにしてみたが、書き進めるうちに、自分を持たない頼りなさが出て来たような気がする。

三島も余り酒は強くない。よく途中で寝てしまう。皮膚はますます赤く、毛はますます青いその寝姿に見惚れているのは、美術研究家の吉川逸治である。

「ふーん、このかっこうには、ちょっと美があるな」

吉川は恐らく「鉢の木会」で一番素直なメンバーで、いつもニコニコ笑いながら、吉田健一の怪気焔を謹聴し、めったに自分の意見というものを出さない。それだけに彼の発言は、われわれの男性的虚栄心を刺戟すること甚大である。

「ほんとかい」と三島の寝てまで皮肉に結ばれた唇に眼をやりながら「これはやっぱり絶対的な美じゃなかろうぜ。ひねくれてるぜ」と抗議する。

「そんなことはない。僕が女だったら、ちょっと参る」

「こら、変なことを言うな。女だったらなんて、胡魔化すな。君は男色家だろう」

しかし善良なる家長吉川逸治に対してこれも誹謗になりそうである。多分中世美術やアブストラクトなんて、あんまり人のやらない部門をつついているため、審美眼に変調を来たしただけであろう。

「鉢の木会」の連中はみんな孤独である。徒党を組むなんて、殊勝な志を持った者は一人もいない。

「文学者なんて、どんな親友でも、いつうしろからグサリとやられるか、わかりませんからね」と、これは三島由紀夫の感想である。福田は一年の予定でアメリカへ行ってしまったし、僕も同じ予定で来月発つ。中村もいずれ出発するだろう。

今にひどく淋しくなる。一年後にどういうことになっているか、わが日本の将来と同じで、知れたものではない。

四　詩人

中原中也という人間は、結局僕には嚙み切れないというものである。生きている間、逃げ廻っていたのが無念やる方なく、伝記を書き出したのだが、少年時代を五十枚書いただけで、肝心の部分には手をつけていない。

小林秀雄、河上徹太郎、青山二郎はみなそれぞれに割り切っているようだが、僕は自分がいたらぬせいか、あの身長五尺の十五年前に死んでしまった人間が、得体の知れぬ不透明な実体のまま、いまだに前にいるのである。

中原が自作の朗誦がうまかったのは、草野心平が語り草にしている。猥談だって独特のものだった。しかし彼が女に持てるところは、我々は一度も見たことはない。

渋谷の洋食屋の女給一人口説くのにも、阿部六郎や僕を動員して、十何度飲みに通った揚句、ふられている。女にどうも男があるらしいとか、「旅行しないか」といったら、女がどんなにどきんとした顔をしたとか、中原の描写は微に入り細を穿っていたが、ふられたことにかわりはない。

彼が京都の立命館中学の学生の頃同棲していた三つ年上の長谷川泰子は、「強姦されたゃったようなもんだよ」といっている。してみると、これは中原が短い生涯でたった一度積極的で、且成功した例である。

中学三年で中原は女郎買を知っていた。泰子と知り合った初め頃、縄手のおでん屋で大勢で飲んでいたら、

「ちょっと失礼します」

と宮川町の横丁を曲って行った筒袖の紺がすりの恰好を、泰子は憶えている。

大正十三年の話である。泰子はそのころよくあった家出娘の一人で、映画女優が志願だった。震災で撮影所を追っかけて京都に移り、喫茶店で中原のダダの詩を賞めたのがきっかけで、意気投合したのである。東京へ行きたい、帰りたいでも一致していた。翌年四月二人は手を携えて上京した。中原は泰子が撮影所の大部屋に入ることを許さなかった。その年の末、彼女は小林秀雄の愛人になった。

この事件をのけては中原の生涯は語れないのだが、当事者の一方が生きていては、これは微妙な問題だ。小林が自分で、「中原中也の思ひ出」を書いてくれたので、伝記作者は助かった。後、泰子が小林と別れ、別の男の子供を生み、また別の金持と結婚してからも、中原は彼女の忠実な伴侶で、子供の傷につける売薬の名前まで、速達で教えてやったりしているのである。

泰子は中原との関係は京都から恋愛じゃなかったといっている。十七歳の中原はもうやさしい叔父さんみたいなもので、彼女がマキノ・プロダクションへ通うかたわら、下宿でつくる料理では、偏食になるからと、為替が来ると四条寺町の洋食屋へ連れて行き、野菜サラダを二皿注文して、「食え」と命令したそうである。

こういう話には多少泰子が後小林のところへ走ったことをジャスティファイしようという気分があって、額面通りには受け取れないのだが、一方当時中原が「あの女はおれの柿の葉十三枚だ」と言っていたのを憶えてる人がいる。（当時京大生兼立命館教師で、中原が作文の答案に出した詩を認めた冨倉徳次郎氏である。）ダダの表現で、意味はわからないが、あまり大事にしてはいないようである。東京へ出ても泰子を下宿へ閉じこめておいて、「女なんか芸術家の首玉へぶら下った沢庵石みたいなもんだ」と触れ廻っていた。それを人にとられたら、途端に惜しくなったのだという小林の言葉は、多分本当だろうと思う。

しかし中原は「以来自分は口惜しい男となった」とも、「かくて私は広い東京に一人ぼっちで、ほうり出されたのであった」とも書いている。彼がダダを脱却して、「朝の歌」の均整を得たのは、こういう気分の中である。

三年後小林がヒステリーになった泰子から逃走したことを中原は許さなかった。女房子供も出来た昭和十二年、神経衰弱で入院した時の日記にも、まだそのことが出て来る。

小林は二十三歳で「やがて、僕は、いろいろの事を思ひ知らねばならなかつた。とりわけ自分が人生の入口に立つてゐた事について」（「ランボオⅢ」）という年齢であった。小林は泰子と目黒、鎌倉、逗子に住み、堀辰雄の所謂ツワイザームカイトから、知り得るすべてを知ったのである。

家出娘の不安は小林にもたれすぎたり、他の男に色眼を使って見せるという風に表われたらしい。そのうち中原も小林の家へ来て坐り込むようになった。

僕が知り合った昭和三年の初め頃では、日常不安の心理の隅々まで小林が見抜いて、療法を案出してくれることを要求するようになっていた。そして彼女自らは神経衰弱の病人だった。中原は小林の自業自得だと言っていたが、中原自身の存在が事態をこんぐらかすことには、気がつかないふりをしていた。

どっかの支那そば屋かなんかだった。僕を入れて四人で飲んでいるうちに、いつの間にか中原と泰子が喧嘩になっていた。中原は泰子をなぐった。小林は終始黙って下を向いていたが、ここにいたって、卓子の向うから中原の両手をつかみ、卓子の上に抑えつけた。力は段が違うから、中原は無論動けない。小林は下を向いたままだった。中原は放心したような眼を天井に向けていた。抑えられて、うれしいとも取れる表情だ。

どんな話だったか憶えていないが、とにかく僕はそれからドストエフスキイの会話を読んでも、長いとも不自然だとも思わぬのである。

十八歳の少年にとって、この場合の印象は強すぎた。飲みなれない酒も手伝って、僕は思わず貰い泣きした。小林は店を出る時、「君の涙を自分で分析して見給え」といった。

その頃小林は僕にフランス語といっしょに、ボードレールやランボーを教えてくれたが、ボードレールの肖像では、クールベのが一番いいといった。誇張した線で悪魔みたいに描いた肖像とは違って、さすがに写実派だけあって、少し額の禿げ上った中年の男が、パイプをくわえて、書斎で本を読んでいるところである。

「おそらくこれがボードレールって人の、ほんとうの姿なんだ」

と小林はいった。こういうのが僕が小林から最初に受けた教訓である。

泰子の不安は小林への憎悪となって現われることもあった。走って来るバスの前へ、いきなり突き飛ばした。或る夜、

「出て行けっ」

と怒鳴ったら、小林は命令通り出て行った。東中野と中野の間の長谷戸という湿地の、バラックのような家である。玄関から、通りの方へ廻って行く前かがみの後姿は、窓から見ると、いつものようにすぐあやまって戻って来る恰好だったそうである。しかし小林はそ

れっきり戻らなかった。お母さんにも妹さんにも黙って奈良へ行ってしまったのである。

　翌日から中原の活躍がはじまった。中原は一体もめごとが好きなたちである。石の根を掘りかえしても探し出すという勢いだった。河上徹太郎のところへ行ったら、玄関で、

「来なかったよ」といったが、

「今いないのはたしからしい。しかしあの顔は一晩は泊めた顔だ」

という判定だったが、これは無論誤りである。辰野門下は、みんな狩り出されたので、僕が今日出海、中島健蔵、佐藤正彰などと親しくなったのも、この騒ぎのお蔭である。

　事件がどう片づいたか、憶えていない。小林の行方は実際誰も知らなかったので、みんなほんとうに心配したのだが、多分そのうちどこかへ奈良から便りがあったのだろうと思う。僕に憶えがないのは、僕が中原の腰巾着で、一体と見なされていたから、知らされなかったのではないかと思う。

　問題は泰子の生活の費用だが、そこの記憶もないのは、僕がやっぱり子供だったからだろう。中原も助けたろうし、ほかの崇拝者が近所にいた。彼女の神経衰弱は小林あっての我儘で、ほかの人には全然普通と変りがなかった。

　自分のところへ帰れというのが中原の希望だったが、泰子はきかないので、それが中原の悩みだった。小林とはいっしょにいる間は恋愛だとは一度も思ったことはなかったが、

出て行かれて見ると恋愛になったというのだから、女は勝手である。

泰子はそれから奇蹟的に子供を生み、宿願の映画のニューフェースになったが、身体が弱い上に小林、中原の影響で理屈っぽくなっていたので、延びなかった。しかし後で「グレタ・ガルボに似た女」に当選してガルボの着たのと同じデザインの服を貰い、徳川夢声の説明つきで、武蔵野館の舞台で身振をした時には、一同あっと驚いたものである。

彼女はやがて子供を連れて金持の崇拝者と結婚した。彼は泰子を神様のような人だといっている。彼女の赴くところ、どこへでも中原がちゃんとついているのが特徴で、青山の「独特の女友」という呼称は正確である。中原の死後、二年ばかり続いた「中原中也賞」は、その金持の懐から出たものだ。

金持は戦後振わなくなったが、息子も成長し、泰子はメシヤ教で精神の安定を得ている。

昭和四年小林は『改造』の懸賞論文に当選し、翌年『文藝春秋』に「文芸時評」を連載し出した。「アシルと亀の子」の第一回が載った『文藝春秋』を朗読する中原の姿を阿部六郎が描いている。一行読んでは、

「やった」

と叫んで、雑誌のひろげた面を畳へぶつけ、二行読んでは、また「やった」と叫んで、同

じ動作を繰り返したそうである。

これは中原にとって、仲間の中からその考えを世間に通用させる人間が出て来たということだった。それまでに中原は河上徹太郎や僕も入って同人雑誌を出した。『白痴群』という謙遜な名前で、文壇なんて相手にしないように中原は言っているが、或る時、「文壇なんて、出ようと思えば、いつでも出て見せる」と威張るのを聞いて、変な気がしたのを憶えているから、やはり大変出たかったのである。『白痴群』は河上の「セザール・フランク」が『文学』へ載った頃まで続いたので、これは丁度小林が奈良にいた期間に当るから、いわば小林の留守番雑誌みたいなものである。

中原は『白痴群』の同人とは、僕も含めてみんな喧嘩してしまっていた。それから昭和九年『山羊の歌』が出るまでが、中原の一番辛い不幸な時期である。この間中原の忠実な伴侶であったのは、僕の成城の同級で『白痴群』同人の安原喜弘だが、彼は今でも小林や河上がわざと中原を助けなかったように思い込んでいる。しかしこれはあまり中原に親身につきすぎたため、被害妄想が乗りうつったというものだ。

中原は自分が出ると本家に出られて、困るからだといっていたが、無論そんなことはあるはずがない。小林や河上がやっていたことは、中原とは全然関係のないことである。自分に関係のないことをブツブツいうのも中原の癖で、飲み屋なぞでよく見ず知らずの人に喰ってかかるのも、主としてこの癖のさせるわざだ。小林も河上も中原を誰にでも紹介したのだが、中原がみんなと喧嘩してしまうのである。

　中原の毒舌は伝説になっているが、これは一座が三人以上いないと決して成り立たない性質のものである。一座の一人が他のもう一人を、中原よりも大事にする素振りがあると、その大事にされた方へ、中原は必ず喰ってかかる。つまり焼餅なので、実際中原みたいに嫉妬深い男は見たことがない。

「今日はいい天気だ。大岡という奴が癪にさわる」と日記に書いてある日の前日は、青山の室でぶつかった日なのである。

　大勢の一座だと、一番持てている大将に喰ってかかる。次にその肩を持つ奴に喰ってかかり、（そばの方から攻め寄せる場合もある）以下順々に全部と喧嘩してしまうのである。『四季』や『歴程』の会に出て見たわけではないが、『白痴群』の会から推して、まずそんなところだと思う。中原が三好達治の、

　　太郎を眠らせ、太郎の屋根に雪降り積む。

の詩句に抱いていた、燃えるような憎悪は、三好が会なぞで持てたからである。

小林でも河上でも、中原が喧嘩した相手を庇えば、いつでも喧嘩ということになる。北千束の下宿に、世界中を敵に廻したような気で端坐している中原を、安原は幾度か見ている。

中原の被害妄想は『白痴群』の頃、酔ってよその家の外燈に石をぶっつけ、渋谷署に留置された時の記憶から、刑事に固定する傾向があった。いくら調べてくれといっても調べてくれず、何となく十数日とめておかれた経験から、警察というものは、何をするかわからないものだと思い込んでしまったのである。

ずっと後、子供を失くした直後、鎌倉へ越して来た頃、僕も近所に下宿していて、またよく行き来したものだが、丁度夏で僕がいたずら半分黒眼鏡をかけて外へ出たら、中原に真剣に忠告された。

黒眼鏡をかけてると刑事につけられるということだった。そして刑事と眼が合っても、決してあわてたり、こわがったりしてはいけない。そういう時刑事はきっとこいつは前にあげたことのある奴だと思うもので、念のために引っ張って行く。入れられたらいつ出られるかわからない、という論理だった。

中原はその頃はわり合い落ち着いた生活をしていた。寿福寺の奥の静かな家に、郷里で貰った奥さんと生れたばかりの次の子供と三人で暮していた。詩は好評で、『改造』やなんかにも載り、ＢＫで諸井三郎作曲の詩が放送されたり、中原はもう人と喧嘩しなくなっていた。ただその時は身体の方が参ってしまっていたのである。

小林と三人で鎌倉の山を歩いてても、

「駄目だ」

と不意に胸を押えて、立ち止ってしまう。

「神経だよ」

と相手にしなかったが、半年後に死んでしまったところを見ると、ほんとに心臓が駄目になっていたのかも知れない。

中原の心は一生子供であったが、体の方も子供みたいだった。丈が小さかったばかりではない、毛のうすいつるっとした体で、自分ではあんまり早く女を持ちすぎたため、成長が止まったんだと言っていた。僕が知り合った数え二十二歳の頃で、もう性欲が衰えたなんて言ったりした。

中原の死を「狂死」と書く人がいるが、これは明白な誤りである。子供をなくして少し常軌を逸した行動があり、前に書いたような被害妄想はあったが、これはこの頃はやりのノイローゼ、或いはヒステリー程度で、命まで取られる種類の病気ではない。

結核性脳膜炎と、全身に結核菌が廻る「粟粒結核」というのが、死因である。死ぬ十日ばかり前まで、何も知らずにそこらを出歩いていたのだが、片足に歩行困難があったのは、もう脳の一部がやられていたのかも知れない。

その頃僕は親爺が死んで東京へ帰っていたのだが、電話で入院の報せで行って見ると、中原はもう意識が溷濁《こんだく》していた。ベッドの足の方へ立った。青山が、

「大岡だよ、大岡が来たんだよ」

というと、白っぽい顔をひっつらせながら、首をもたげて、

「ああ、ああ、ああ」

と眼を大きく見開いて、僕の顔を見た。論争の時、もう一丁上の意見を出す前に相手の意見はすっかり飲みこんだというしるしに見せる表情だ。

しかし中原は僕が認知出来なかったと僕は思っている。それっきり何もいわずに、顔をしかめて、首を枕に落とした。頭痛がしたのである。

青山が中原の寝姿を「しぼって捨てられた雑巾」にたとえたのはいい得て妙である。あと幾日持つかというだけの問題だった。

青山は小林の家に泊っていたが、僕は東京に媾曳《あいびき》の約束があったので、生きてる人間の方が死ぬときまった人間より大事だと、勝手な理屈をつけて、一旦引き上げた。

翌日だったか翌々日だったか、夕方アパートへ帰って見ると、留守中に中村光夫から電

話で死んだということだった。

「しまった。しまった」と僕は鎌倉に向う電車の中で呟き続けた。中原の死の瞬間、僕はそばにいるべきだったのである。

鎌倉の裏駅から寿福寺へ向う暗いところまで来ると、涙が安心してどんどん出て来た。

「畜生、畜生」

といつものことだが、好きな人が死ぬと、僕は癪にさわって来るのである。

門の前で涙をよく拭いてから入った。御通夜の席で小林と青山が縁側で碁を打っていた。棺の上の中原の写真が見ちゃいられなかった。

線香を二、三本取って、二つに折ろうとしたが、手がふるえて、五つにも六つにも折れてしまった。あげることも出来ない砕々の奴を、自分の手の中に見て、僕は慟哭をこらえられなかった。

「私の頭にはまだ詩人という余計者を信ずる幻があるのか知らん。私は知らぬ」

という小林の言葉にかぶれたわけではないが、僕は原則として中原とは遠慮せずに喧嘩する方針にしていた。そのうち彼が何を言おうとも平気でいられるようになったら、喧嘩はやめて、茶呑話の相手になってやるつもりだった。僕はそういう日が来るのを待ち望んでいたのだが、その日が来ない前に、中原に死なれてしまったのが残念だったのである。

しかし中原が今生きていて、僕がこの頃書いてるものを読んで、何て言うだろうかと思うと、やはりゾッとする。

小林によると、僕は結局育ちが悪いのだそうだが、そんなら、中原は育ちがいいのである。彼は何でも人にものをやるのが好きだったが、必ずそれがどんなに珍重すべきものであるか、長々と説明がついていた。「つまらないものですが」という東京人の贋の謙遜とは逆である。何でも広島から西の習慣だそうである。

復員してから中原の伝記を書こうと思い立ったのは、スタンダールになぞ浮かれてないで、中原に会った頃の自分から検討してみようと思ったからである。材料は大体二十二年の暮までに揃った。あとは大正の末から、中原が死んだ昭和十二年までの、文壇詩壇の歴史の裏づけがあればいいので、高見順の『昭和文学盛衰史』に匹敵する大著述になるはずで、こんな雑文にしてしまう気は全くなかったのである。

しかし、僕はもう一ト月経たないうちに外国へ行く。船はまさか難破することはあるまいが、エヤ・フランスに乗れば落ちるかも知れず、どこで自動車が衝突しないとも限らない。

卓れたわが師わが友の間で、僕は長い年月、仕事をしないのと金がないので始末に困る男だったが、そんなものが少しはあたりに立て籠めるようになった今日では、また色々すまないことが出来てしまった。

こんな時外国へ行くのには、絶対的な淋しさがあって、必ず帰って来るつもりだけれど、殊によると僕だけしか知らないこともまじってるかも知れないから、念のために書いたのである。

しかし多分こんなことはみなつまらぬことなのである。中原は長男文也を溺愛して、「文也も詩が好きになればいゝが。二代がかりなら、可なりなことが出来よう」と日記に書いている。詩の技法が伝授出来るものだと彼が考えていた、これが大切な点であって、あとは五十歩百歩、人生のタブローにさしてちがった構図があるわけはないのだ。

五　京都学派

京都学派といっても、綺羅星の如く賞に連る大先生なぞ、僕の知ったことではない。せまい京大仏文の中でも、桑原武夫、生島遼一両先輩のことを申し上げるだけである。

僕は高等学校時代小林秀雄を知ったため、既に辰野門下の外縁に存在していたのだが、学校は京大卒業である。東京の家を離れて、気ままな下宿生活を送るために、京都を選んだのである。

各部門にわたって、東大、京大の対立は世間周知のことながら、僕のような門外漢でなければ、うっかり口にも出せない深刻さだ。まあ詳しくは申し上げぬことにする。学者の世界に比べれば、文壇というものは、とにかく実力主義の広い世界だと、これは現に京大派の河盛好蔵先生の感想である。

桑原、生島両先生とも、僕は別に先生としてつき合っているのではないが、それでも時々東都文壇への両先輩の敵対意識にぶつかり、僕のようなぬえ的存在は当惑することがある。

日本の真の文化的中心は関西にあるとは、『文学入門』の闘将、桑原教授の持説で、彼は言葉も決して東京弁は使わない。がんこに生え抜きの京都弁を固執している。

生島教授も『クレーヴの奥方』で見られる通り、甚だ響きのよい標準語の訳語を使用する術を心得ているが、自ら大阪の生れであることを誇りにしておられる。『第二芸術論』『第二の性』と、御両方とも「第二」ばかりであてるではないか、などとうっかり冗談はいえない。

両先生はスタンダール研究家として、つとに名をなしている。織田作之助が「上桑原武夫より下大岡昇平に到るまで」と書いているのを読み、怒髪天を衝いたのは、既に相手は死んだ後だったが、とにかく僕にスタンダールを教えてくれたのは、桑原武夫だから仕方がない。昭和五年には『パルムの僧院』の翻訳はまだ出ていなかったが、ファブリスとジレッチの格闘の場面を、「直木三十五の立ち廻りより、おもろいで」と教えてくれたのは桑原先生であった。『南国太平記』が連載されていた頃の話である。我々自称高級文学好きは一般に大衆小説を読まなかったから、（もっとも僕は『南国太平記』の愛読者だったが）先生の今日の大衆文学共同研究の萌芽は、既に当時きざしていたと見做してよい。

一体スタンダールは、所謂文学青年でない（或いはそうありたくないと思ってる）人間に好かれる傾向がある。ナポレオンの軍人、ルイ・フィリップの外交官という経歴自身伝説を作り、二十世紀の知性の冒険の半神となった。僕自身もスタンダールの文学より、アンリ・ベエルの経歴にかぶれた傾向があり、東京の新聞記者、神戸の月給取りと、スタンダールより格は大分落ちるが、文学の外でブラブラするのを気取りとしていたことがある。

桑原先生が何故スタンダールをやり出したかは、聞き洩らした。卒業論文はフロベールで、その点中村光夫と共通のリゴリズムがあるのだが、卒業後スタンダールへ転向したのは、まずは「スタンダールでひとつびっくりさしたろか」ぐらいの、いたずら気ではないかと思う。

桑原先生は人ぞ知る桑原隲蔵《じつぞう》大先生の御曹子で、学生時代山登りの名人であった。丈は高く、足の長い均斉の取れた恰好をしていて、登山家らしい無雑作な歩き方で、京都の舗道をヒョコヒョコ歩く。

東京でドストエフスキイが持てていれば、スタンダールをかつぎ、ジードの流行に対抗してアランを紹介し、或いはマルロオを持ち出すという風に、坊ちゃん風の移り気を遺憾なく発揮している。最近は詩の構造の科学的究明に乗り出して、畑違いのリチャーズの本なぞを読破して、我々を煙に巻くのを楽しみにしている。南方熊楠、柳田国男の民俗学につとに興味を寄せたのも、東京の文士共の無智無学に対する反撥であろう。

戦後の民主主義文学擁護は誰でも知っている。惚れ込むと頑固で、見さかいなく合理的になる癖があるが、根が坊ちゃんだから憎めないことになっている。

アランに惚れ込むと、僕の『スタンダアル』の翻訳にケチをつけ、自分でやるといったことから、ケンカになったが、

「そんなに勝手なことを言うんなら、これからは後輩の礼を取らないから、そう思え」

とまるで普段は後輩の礼でも取っているような居直り方で、簡単にケリがついた。

神戸の良家の出である可愛い奥さんが、女ばかり生み続けるのでくさっていたが、六人目に遂に男子を得て、ほっとしたようである。

小林秀雄も中村光夫も女の子だけだが、あまり苦にする様子はない。むしろ女の子の方が気楽だそうだ。つまり自分の経験から割り出して、将来男の子と面倒な対立に入りたく

ないのだろうと推察されるのだが、この点桑原先生の方が、よほど昔気質である。

塔の段藪下町の家は、大勢の子供の声で割れるようである。本が乱雑に散らばった書斎に、遠慮なく闖入してくるのを、甘やかすのでもなく叱るでもなく、個別的に応対且撃退している有様は、なかなか見上げたものである。

「生島は女の貞操なんかどうでもいいいいよるけど、五人いっしょに貞操失われたら、ちょっとかなわんで」

生島遼一先生には子供はいない。

「わたし達の結婚には、子供という要素は、最初から入っていなかったんでね」

というお惚《のろ》けであったが、先生の夙川甲南荘におけるロマンスは、僕が昭和十三年に神戸の月給取になって、しばらくそこに住んだ頃でも、まだアパートの語り草であった。

先生は恋愛について、なかなかの通であるのは、名訳『クレーヴの奥方』、最近の『第二の性』の訳文によっても知られるであろう。桑原先生と共訳の『赤と黒』でも、ラブ・シーンと女の科白は、全部先生の担当である。

桑原先生より丈は低い。鼻も薄く、あごが心持とがって、芸者に持てそうな顔をしている。桑原、生島といえば、天下に通ったコンビだが、こういうコンビによくあるように、男性的女性的の偏向を示すのが常である。そして無論生島先生は婦人科の方である。

大阪の船場のボンチで、谷崎潤一郎の『細雪』の船場言葉は間違っているという意見である。自分の性格は複雑且暗いところがあると信じておられる。「桑原は単純やで」というのが先生常用の科白である。

しかし生島先生もなかなか剛健な体格の持主だ。五十に近い今日、能舞台に立つ意気と体力を具えておられる。脛に黒い膏薬を貼りながら、『船弁慶』などの荒事（?）を衣裳をつけてお舞いになる。

去年京都に滞在中『砧』を拝見したことがある。橋がかりから、先生の全身がひどくふるえているのが、遠くからでも目立って気の毒だったが、顚倒もせずに無事に舞い収めたのは目出度かった。さすが大学の先生だけあって、舞いと文句に理解のほどもほの見えて、まず上乗の出来であった。

白洲正子女史も能の方ではうるさい方である。

「あたし、ふるえたりしないわ」

しかしたまたま京都に来遊され、駅に降り立って第一声は、

「ここに生島って人がいるでしょう」

だったので、能の世界はまた別なもんだなと、感服した次第である。

宿屋へ落着いて、それじゃ生島先生を紹介しようということになった。夜九時を廻って

いたので、複雑なる生島先生が果たして来てくれるかな、と僕は内心心配だったのだが、どうして先生は白洲女史の名前を聞くと、二つ返事で飛んで来た。

小脇にかかえた大きな風呂敷包みから現われたのは、先生の十年の精進の結晶たる舞台写真で、それを全部我々は見さされたのである。

文学の方ではこれは絶対にないことである。僕に一生これをいわれるだろうと、生島先生は観念しておられるが、いうことは、何もこれだけとは限らない。要するに、先生みたいな純情な方は当今珍しいというのが、我々の結論である。

この夏、僕は志賀高原で桑原、生島両先生に、三好達治先生を加えて、楽しく遊んだ。この取り合せは、知らない人には少し妙に思われるかも知れないが、三好さんは桑原先生の三高の同級生で、そもそも京都へ行く僕に、桑原先生宛の紹介状を書いてくれたのは三好さんである。三好さんは大学は東大、つまり辰野門下で、僕は前から知遇をかたじけのうしていたのである。

三好さんと僕とは考えてみると、随分一緒の時間を沢山持っている。最初はたしか佐藤正彰に紹介されたと思う。新宿の樽平が出来たての頃、一本二十銭の秋田の地酒を随分飲んだし、心悸亢進で入院した時も「よしのや」のスープを持って行った憶えがある。退院の時も、佐藤正彰と二人で中谷孝雄氏の家まで、車で送って行った。

京都でも三好さんはしばらく下賀茂にいたことがあり、新京極の正宗ホールで飲み（飲む話ばかりで、また桶谷繁雄先生におこられそうだが）鎌倉の下宿で襖一つ隔てた隣室に、ごろごろしていたこともある。

神戸の酸素会社にいた頃、文芸懇話会賞を取って、西宮のお母さんのところへ帰省された時、会社へ電話をかけてくれた。三宮ですしを食べたが、神戸は地元だからと、僕が払おうとすると、

「けっ、月給取におごって貰えるか」には僕は大いにひがんだ。

戦後は両方とも忙しく、かけ違って会うことは少なくなっていたのだが、こんど山で十日ばかり一緒に暮して、三好さんて、いくつになっても、何てよく遊ぶ人だろう、とほとほと感服したのである。

昼飯に食堂で会ってしまえば、あとはもう遊ぶことにきまっているのである。三好さんは陶淵明論を書き下すとかで、出版社から金を捲き上げて来たはずだったが、そんな気ぶりは少しも見えない。

「一丁行くか」

とこれは碁のことである。

三好さんは温良なる紳士で、酒が入らなければ、大きな声でものをいわない人だが、碁は猛烈なケンカ碁である。「三好ダッキスト」とは佐藤正彰の命名に係り、つまり妲己《だっき》のお百のように、柄が悪いという意味である。

最初は僕の方で四目おいていたのが、今は二目三目とおかなければならないのが癪の種らしく、黒にもあるまじき乱暴な手を打って来る。こっちも意地になって、下手と思わず、あくまでひどい目に会わしてやろうが祟《たた》りとなり、互に逆番勝ちになることが多い。

僕の碁も悪辣だそうで、

「人格を疑うよ」

と仰せられるが、そんならダッキの人格はなんだろう。碁が人格を表わすという通説は誤りだと僕は固く信じている。さもなければ大抵の人間は二重人格ということになり、薄気味悪くて付き合えたものではない。

三好さんは申すまでもなく詩人であるが、中原中也のような定石はずれの詩人ではない。大学も出ているし、漢詩と芭蕉については、抜くべからざる識見を具えている。

青山二郎が骨董について、「お前らにいったって、わかるものか」と反りかえっているのも、癪にさわるところだが、三好さんの前で、芭蕉の名前を口に出すだけで、「ふん」と横を向いてしまうのも癪だと、これは青山もいっている。

して見れば昔樽平で「この道や行く人なしに秋のくれ」と「人声帰る秋のくれ」の二句の優劣について、長々と論じてくれたのは、余程の寛大であったと言わねばならぬ。若い僕は無論「人声帰る」の方が、感覚的でよい、何故「行く人なしに」と改めたのかわからんという説であったが、三好さんは無論反対である。

「見きわめたものがあるんだ」

しかしその「見きわめた」ものが何であるかについては、やはりはっきりと教えてくれなかった。議論は僕が「秋のくれ」を「秋の夕方」と思っていたことが判明して、あっけなく終ってしまった。

「どうもさっきから、そうじゃないかと思ってたんだよ」と三好さんは慨歎これを久しゅうしたのである。「まさかと思って、話を進めてやったんだが、もうお前みたいな奴とは、話をするのが、いやになったよ」

こんな受験参考書的知識すら僕が持っていなかったのは、一重に僕が青山学院、成城と三流のコースを辿っていたからである。府立一中の入学試験に落第したことを白状すると、三好さんは「お前とはもう話をせん」と怒った。

三好さんは幼年学校から士官学校に進み、途中から軍人を嫌って、三高に入り直した秀才で、三高時代は年が違うせいもあって、桑原、生島両先生は完全におさえられていたらしい。少なくとも両先生の文学開眼は、三好さんによって行われた形跡がある。

今日、志賀高原でも、三好さんが、

「あっ、タバコ忘れた。生島、タバコくれ」

というと、複雑なる生島先生が鞠躬如《きっきゅうじょ》として、手許のピースにマッチを添えて差し出す恰好は、まず昔の中学上級生に対する態度である。

桑原先生の父君隲蔵大先生が死んだ時、三好さんが、

「お前、おやじの財産、みな使こてしまうつもりやないと、あかへんぞ」

といったとかで、

「無茶いよるで、あいつ」

と六人の子女を抱えた桑原先生は、今でも歎く。

中原でも同じことだが、詩人というものには、小説家とちがって、必ず無条件の崇拝者がつくものである。中原の崇拝者は青山の表現をかりると「上野のチンピラにヒロポンを打って、チャリンコに仕立てたような」のが多かったが、三好さんの乾分には一本立の学者が多いのが特徴である。三好さんの会話は、どうかすると衒学的な繰り返しになることがある。

一方三好さんは昔の『作品』グループの小説家批評家とも付合いが深く、狭い詩壇では

独特の存在ではないかと思う。ペダンティスムは文壇社交の色取りの一つで、ヴェルレーヌにもこれがあって、それが全然ないのが中原のヴェルレーヌと違う点である。

　佐藤正彰は京都学派ではないが、三好達治に献身的な愛情を捧げている一人である。そしてその衒学たるや、昔は手に負えない種類のものだった。例えば原子核中の確率（だか何だか忘れたが）における悪魔の存在について、聞きかじりの学問を酒席で披露すると、とめどがなくなる。あまり確かな話ではないのが確実なので、聞き手は甚だ喜ばしくない気持になる。

　これを「うん、うん」と面白そうに聞いてやるのが、昔から三好さんの特技で、彼はそういう点で、先天的に友情が厚いのである。つまり佐藤の献身的な愛情というものが、三好さんにぴんと響けば、あとは何の話をしてもさしつかえないのである。詩人の頭にあるのは、自分の詩のことだけなのだ。

　こういう寛容は、老来ひとしお磨きがかかったようで、志賀高原の十日間、三好さんの御機嫌のいい顔を見ていると、こっちもすっかり御機嫌がよくなり、急ぎの仕事もおっぽり出して、ひたすら烏鷺《うろ》を戦わせて日を送ったのであった。僕としてここ数年なかったことである。

　佐藤正彰の衒学もこの頃は円熟して来た。北鎌倉浄智寺奥の藁葺屋根の家へ、引込んでからもう二十年になるだろう。ヴァレリイ、ジード、スタンダール、ボードレールとずいぶん翻訳もしたが、ベストセラーになりそうなものは、一つもやらないという方針を頑固に守っている。

若い頃は原子物理学とか食通とか、あらぬ方角へ興味を欲張る癖があったが、この頃はボードレールのお母さん一点張りで、こんど僕が行くはずのエール大学の仏文学部では、有名なお母さん研究家が死んだところで、研究を引き継いでる人がいるかも知れないから、目録を送ってくれというのが、唯一の頼みであった。

数あるわが師の中で、佐藤は僕とは四つ違いで、一番年が近い。育ったのは佐藤が初台、僕は渋谷で、似たような東京の郊外っ子である。それだけ少し柄が悪く、生意気な点も似ているのだが、佐藤が近来とみに枯淡の趣きを加え、篤学の影が濃くなったのは、羨望に堪えない。

桑原、生島、佐藤と並べて、三好達治門下の三羽烏としては、御当人は不服かも知れないが、僕の眼に映ずるところではそうである。みんなお坊ちゃんの理窟屋で、三好さんの詩人の我儘の寛容にあったまっていたのである。

僕自身はといえば、三好さんとの付合いは、小林秀雄、河上徹太郎、青山二郎ほど深くはないが、それだけに僕のやることを、何でも子供のすることとして、見逃してくれる人と考えている。三好さんの顔がポンチ絵の太陽に似ているというのが、佐藤の発見で、「三好太陽王」が「ダッキスト」と共に、彼の綽名の傑作だが、僕も全く賛成である。

僕は明日十月二十日には横浜から船に乗るので、悪名嘖々《さくさく》たる「わが師わが友」もこれをもって終るのだが、最後に結論めいたことを付け加えれば、僕は早くから父に反いていた子で、専ら家庭の外に頼りを求めていた。

僕に年上の友達が多かったのはそのためで、みんなそれぞれ僕が父に求めて得られなかったものを分有してくれたのだが、一方僕の我儘から、僕が父に向けたと同じ刃を、それ等恩人に向けることがあったのではないかと思う。この文章自体が同じ表われでなければいいのだが、今はそこまではわからない。

かく解釈しても心に一抹の不安は残り、一年日本を留守にする。さらばわが師わが友。さらば祖国。

（一九五三年八月～十二月）

Ⅲ

大きな悲しみ——小林秀雄追悼

とうとう亡くなった。今はただ悲しみに浸っているだけである。故人の業績とか、その人間については、この機会に多くの人によって、様々の角度から書かれるだろう。その規模の大きさ、広さはいっそう明らかになって行くだろう。

はじめて会ったのは昭和三年の二月だから、昭和とほとんど同じ長さ、五十五年、むろん文壇で一番古い先輩である。当時、私は三月六日で十九歳になりかけで、人生と文学とその他、あらゆることについて、悩みを持っていた。小林さんは東大仏文を卒業するところで、七歳年上の二十六歳、フランス語の個人教授を受けたことであるし、また青春の悩みを解いてくれたのだから、「先生」と呼んでもいいのだが、小林さんはすべてにおいて、ひとりで歩いた人で、だれとも師弟なんてしめっぽい関係に入りたがらなかった。自然こっちも弟子づらをしないことになっている。まあ、なにをしてもやらしておいてくれるし、いざとなれば、頼りになる兄貴ぐらいに、自分勝手に思っていた。

小林さんは一昨年までは元気で、一週間に一度、ゴルフをしていた。早くも病弱になったのは私の方で、七、八年前から白内障、心不全が出て、雪ノ下の新居を訪れて、いっしょに二階堂の今日出海のところへ行く、その小林さんの歩度について行くのが辛かった。われわれの古い仲間で、一番長生きをするのは、小林さんで、九十代に突入するのを疑っていなかった。それだけにこんどの死病は意外で、悲しみは大きいのである。

小林さんをジャーナリズムに出る前から知っていたため私はいつでも『作品』『文學界』に書け、私は原稿の持ち込みということをしたことがない。これは自分でも考えると頭が変になるくらいの幸運である。戦後、復員したばかりの私に「俘虜記」を書けといい、世に出してくれたのも小林さんだった。ところでその後、私の書くものの政治的傾向が、小林さんの気に入っていないのはわかっていた。しかし私たちの間には、それらと関係なく感情的なつながりがあった、と私は思っている。私は小林さんの素早い判断とものにこだわらない、さっぱりした気質が好きだった。それにあのなんともいえない優しさが。

七年前、私が二度目の心不全の発作で入院して重態になったとき、わざわざ上京して見舞ってくれる、という話が伝えられた。私は病室から電話して「もう治ったから、見舞ってくれなくてもいいよ」といった。そのいい方がおかしかったと見え、笑って「そうかい、そんならよそう、大事にしな」といった。『本居宣長』が出た頃で、私はこの大著を病院のベッドの上で、胸の上にひろげて読んだ。

最初に会った昭和三年には、ランボー、ボードレール、ヴァレリーを、それぞれ自分勝手に読んでいた。私の方は、むしろ小林さんが、白水社の『仏蘭西文学研究』に載せた「ランボオI」「『悪の華』一面」に従って読んでいたといった方がいい。われわれはまだ若く、外国の文学摂取に忙しかった。小林さんがその後「無常といふ事」「西行」を経て、『本居宣長』において、極めて日本的に自己完成を遂げようとは思ってもみなかった。それは不思議な単独者としての宣長像である。小林さんの若い頃熱中した西欧の単独者「テスト氏」が、日本の伝統の中に生かされているように、私には見える。これは現代の文学者として、みごとな達成の見本であろう。

小林さんが川崎市立病院に入院したと聞いて、見舞いに行こうと思ったが、喜代美夫人の電話では、検査の工合によって、御機嫌がよかったり悪かったりするということであった。しかしそんなことを考えていては、行く時がない。悪かったら病院へ入らずに帰って来ることにして、ある日思い切って、家人といっしょに出かけた。幸い元気で御機嫌がよかった。明子《はるこ》ちゃんがいた。

私としては、慶応病院へ移って、精密な検査をしてほしかった。ところが川崎の病院はかかりつけの先生の紹介であり、また鎌倉から近いので動きたがらない、と聞いていた。

しかし私が行った時は、小林さんは慶応へ移るつもりのようだった。

「調子がいいのに、家へ帰らしてくれねえんで、いらいらしていたんだが、どうもこれはちょっとめんどうな病気らしいんだ。しょうがねえ」といった。私はこの時小林さんがガンだと知っていたと思っている。

小林さんはよく「君子の交わりは水の如し」といっていた。重態になってからは、身のまわりにいるのは家族だけがいいと思っていると察していた。一昨年河上徹太郎が亡くなった時も、河上さんがガンセンターを抜け出して、銀座の行きつけの料理屋で夕食を食っている時、付き合った。（これは小林さんの方から、望んだという）

電話で「あれがもう別れだな」と話した。だから小林さんも重くなってからは会ってくれないだろう、と思った。この日が今生の別れと心の中できめて、別れて来た。しかし帰りの車の中で、家人が病室を出る時、「大岡を頼みますよ」といわれたと聞いて、やはり胸をつかれた。

慶応へ移って、病状が色々に伝えられた。面会は許されなかった。川崎の病院で別れをしたけれど、もう一度、そばへ行きたくなった。病室はわからなくしていると聞いていたが、慶応病院の病室受付まで行き、広いロビーでうろうろ歩き廻って時間をすごして来た。遂に死の報せに接して、悲しみは大きいのである。

（一九八三年三月一日）

小林さんのこと

　私が小林さんと知り合ったのは、昭和三年二月であるから、丸五十五年の交際であった。富永太郎と同級の村井康男さんからの紹介で、フランス語の家庭教師をお願いしたのが最初だった。

　その頃、小林さんは町の家を出て、今は地名が変っているが国電東中野の駅の北の谷戸に住んでおられた。すでに「ランボオⅠ」「『悪の華』一面」を書いていて、張切っていた時期であったが、長谷川泰子と一緒で生活費を自分で捻出する必要があった。もじゃもじゃした髪で、くるくると指で丸めて考えながら喋るのが癖で、あまりきれいな話ではないが、「風呂に入るやつは馬鹿だ」という哲学の所有者だった。

　ボードレールを習ったとき、「デゼスポワール・デュヌ・ヴィエイユ」をいきなり「ばばあの絶望」と訳されたのには驚いた話は方々へ書いたが、とにかくこれは散文詩の題である。お上品な気取りがなく、そのものずばり言うといった感じで、フランス語というのはもっと洒落たものと思っていたのに、ずばっと入っていく、そういうやり方を教えてもらった。もうすぐ一人で奈良に行く前で、ちょっと辛い時期だったのだろうが。

近くの辰野（隆）さんの所に行ったが留守だったからか、勉強日でない日に、不意に来たことがあった。一緒に散歩に出たが、渋谷を通りこしても国電へ乗ると言わない。宮益坂を上り、青山学院の方まで行ってまた引き返すという具合に、蜒々《えんえん》と歩いた。その頃、酒を飲もうという考えは浮かばなかった。

その晩の記憶で鮮明なのは、宮益坂の上の通りの店の奥からラジオの三味線の音が聞えてきた。ランボーやボードレールのことを小林さんに質問しながら歩いていたのだが、三味線の音はどう思いますかと訊いた。私は姉が習っていた三味線の音に悩まされていて、大嫌いだった。小林さんは、

「日本人はとても敏感だから、三味線の音に感じるんだ」

と答えた。ランボー、ボードレールの話に混って、ぽつんとその記憶がある。後になって、小林さんが「無常といふ事」「西行」を経て「本居宣長」に完成するというのは私にとって不思議でない。

小林さんは気性がさっぱりとしていて、判断が早く、また思いやりがあった。私が知り合った翌年には「様々なる意匠」を書き、文壇に確実な地歩を占めていった。私と小林さ

んは七つ違いであるから、満年齢でいうと昭和三年の二月には私はまだ十八歳である。そのときから小林さんを知っていて、大学を出たときには『作品』が刊行されていて原稿を書かせてもらえる、こんな幸運はそうあるものではない。小林さんの家で中原中也を知り、私の文学が出来上っていった。復員して書いた「俘虜記」も小林さんとの因縁で『文學界』に載り、またそれが横光利一賞を受賞したときも、「野火」で読売文学賞を受賞したときも、両方とも小林さんは選考委員であった。本当に戦前、戦後にわたって世話になった恩人である。そのくせ、済まないこともしたし、気に入らないことも書いたりした。亡くなられたいま、辛い気持である。

復員して、明石の疎開先きから上京し、東京で河上（徹太郎）さんに会い、鎌倉に回った。中村（光夫）、中山（義秀）さんを訪ねた。小林さんは留守で、伊東の旅館に行っているという。当時、伊東には青山（二郎）さんが疎開しており、伊東まで足をのばした。小林さんの泊っている古屋旅館に行くと、前かがみ姿勢で、すべり足で玄関先きに現われた。部屋に案内されるのが普通なのに、わざわざ玄関まで出て来た。こんなに喜んでくれた人はなかった。

特徴のある前かがみ、これは誰かがいったことだが、駆足競走で、他の子供を半周ぐらい引き離してダントツで走る足の早い子のように、常に時代の先頭に立っていた、これはだれにもできることではない。それを小林さんは五十年以上続けた。天分もあるが、絶えざる努力なしには成し遂げられることではない。

そのとき伊東で書くことをすすめられたのが「俘虜記」である。すでに吉田満氏の「戦艦大和ノ最期」に目を通されており、私にも従軍記を書くようすすめてくれたのである。

両方とも小林さんが発刊の準備をしていた『創元』に掲載の予定であった。ところが「戦艦大和」が米軍の検閲に引っかかり、「俘虜記」は二十一年五月に書いたが、米兵が出てくるので発表は無理だろうということになった。「俘虜記」が『文學界』に掲載されたのは、昭和二十三年二月号である。その前に創元社に移った『批評』に載るはずだったが、『文學界』の方が派手でいいだろうということになった。

東京も二十三区以外の郡部は転入可能になった。昭和二十三年一月、私は上京して小金井の富永家に十カ月いたが、弟の三郎さんが帰ってくるので引越さなくてはならなくなった。そのころ小林さんは、いまの住所と同じ雪ノ下でも、鶴岡八幡宮の裏手の山のてっぺんに引っ越した。離れに住ませてくれた。小林さんには文学だけでなく生活の方でも、このほかいろいろ世話になっている。

初期のランボー論からは文学そのものが壊れるところからも書けるということ、「芥川龍之介の美神と宿命」という論文では芥川のは神経の芸術であるということを小林さんは教えてくれた。昭和二年は一つの危機であったのだが、いろいろ迷っているときに、これらの論文を小林さんに会う前から読んでいた。十八歳の少年の悩みをうまくさばいてくれたのだ。

　小林さんは教え出したら無理矢理に教えちゃうというやり方であった。昭和十年、霧ケ峰で共にひと夏過ごした。青山二郎、深田久弥、北畠八穂さんらと一緒にヒュッテに泊った。同行者が帰ったあとも、私と小林さん夫婦は残った。この頃は、小林さんは、アランの「精神と情熱とに関する八十一章」を翻訳していた。当時すでに、有名な「私小説論」を書いて、批評家として地位は確立以上だったが、まだ翻訳しているのに驚いた。小林さんは二階の畳敷きの部屋で仕事をし、階下の私は上下のベッド棚でスタンダールの「アンリ・ブリュラール」の翻訳をしていたが、夜になると降りてきてエヂントンのエントロピー、アインシュタインの相対性原理を教えてくれた。（小林さんの「手帖I」の最初にエヂントンの「物的世界の本質」が出ている。初出はエヂングトンとなっているが、訳書にそう書いてあるので誤読ではない。）エントロピーの増大と世界の死滅は、小林さんにショックだったらしい、戦後も永井龍男さんが、鶴岡八幡宮の傍の道を歩きながら、エントロピーの話を聞かされ、熱中した小林さんに次第にからだを押しつけられて、あの大きな溝に落っこったという。小林さんの教え方とはそういうものだった。

この頃から小林さんは批評家というより、次第に科学と哲学の方向に向っていったといえる。会っても文学の話はほとんどしなかった。教わった多くは科学だった。十一年に鎌倉扇ケ谷の小林さんの家の近所に下宿し、始終遊びに行ったが、小林さんは十四年頃から批評家としての活動はしなくなった。次第に思想家という色彩を帯びていった。私が「人生の教師」と呼んだのは、昭和四十年のことである。

誰それの小説がいいの悪いという話は、戦後になってもした憶えがない。会うといつもゴルフの話や雑談だった。

小林さんは細いところに気のつく優しい面があって、中村光夫と私が、風俗小説批判をしていたとき、そのことが熱海の文藝春秋社の忘年会の席で、井上友一郎などと喧嘩になりかけたことがあったが、気を遣い、私のそばへ来て、なだめてくれた。結局、丹羽文雄さんと中村の背の高いのが、座敷の真中に突立って、握手をして見せるということでその場は収まった。

そうした優しさに魅せられた女性ファンも多かった。北畠八穂さんが、「女性が羽根を広げてあばれ出すと、広げた羽根の毛の一本一本をきれいに揃えて畳んで下さる」と言ったことがあるが、実によく小林さんの女性に対する優しさを現わしていると思う。林芙美子、宇野千代など、みんな色気抜きで、参っていたようだった。

最後に小林さんにお目にかかったのは、昨年の五月十三日、川崎市民病院だった。「君子の交りは水の如し」で、すでに方々の新聞にも書いたことだが、河上さんの病気のときにも、小林さんは河上さんが外出を許された際、河上さん行きつけの小料理屋で会って、「あれが別れだな」と言っていた。ガン患者というのは見舞客に気を遣う。おまけに最後まで意識がはっきりしている。重くなったら会わないというのが、われわれの間の言外の取決めみたいなものだった。慶応病院に移ってから、家族の方が客に会わせなかったのは理由のあることである。

川崎の病院で検査の連続で苛立っているということだったが、偶然私が訪ねた日はご機嫌がよかった。いろいろ当りさわりのない話をした。小林さんは、

「検査が済んだのに帰してくれないので、いらいらしてたんだが、どうもこれはちょっと面倒な病気らしいんだ」

と言った。その言葉で、ガンを自覚しているのだなと思った。慶応へ移る気にもなっていた。これがお目にかかる最後だと覚悟した。小林さんは私の軀を心配してくれ、どう悪いんだという。病室の中を、歩いて見せて、ふらふらするのを、充分ご覧に入れた。

帰りの車の中で家人が病室を出る時、私のことを「頼みますよ」と小林さんに言われた

と言った。これは作ったような話だが本当の話である。新聞のインタビューでも方々で喋った。「大岡君を頼みますよ」と憶えていて、そう私は喋ったが、新聞を見た家人はそうでなく、「大岡を」と言ったという。

私には年長の友人であったが、お互いに二人きりなら、「おれ」「おめえ」「お前さん」、親しい友人の前では呼びすて、人前では「小林さん」「大岡君」だった。家人には「大岡君」だろうと思ったのだが、「大岡」と呼びすてで頼まれたと聞いて、私の感慨はひとしおである。家人も同じだと見えて、だいぶ待遇がよくなっている。

今年の一月二十九日、重態と聞いて慶応病院に行き、ロビーをうろついただけで帰宅した。川崎の病院でひそかに別れを告げたつもりだったが、もう一度そばに行きたくなったのである。それ以来、私は喪に服した気持で過した。

小林さんは、自分一人の道を歩いた人だった。

（談）

（一九八三年四月）

教えられたこと

こん度亡くなられたので、小林さんから教えられたのは、一体なんだったか、と改めて思い直してみた。そして、会ったのは昭和三年二月でも、小林さんの書いたものは、もっと前から読んでいたことに思い当った。「人生斫断家アルチュル・ランボオ」（大正十五年十月）『悪の華』一面」（昭和二年十一月、共に『仏蘭西文学研究』）「芥川龍之介の美神と宿命」（昭和二年九月『大調和』）が、それまでに発表されていた。

昭和二年は私には大変な年だった。七月には芥川龍之介が自殺し、八月には家蔵版『富永太郎詩集』が出た。この年の秋、十八歳の少年はすっかり考え込んでしまった。さらに溯ると大正十五年二月『文藝春秋』に出た「佐藤春夫のヂレンマ」がある。これは佐藤の「FOU」をからかったもので、その頃佐藤を軽蔑しはじめていた私には、大いに気に入った。その時、筆者小林秀雄の名前は記憶に残らなかった。残ったのは『山繭』大正十五年十一月の「富永太郎追悼号」の「富永太郎」ということになる。

私は弟の富永次郎と太郎の死の翌月、大正十四年十二月に成城学園で同級になった。その頃から富ヶ谷の家の太郎の書斎で、『山繭』のバックナンバーを読んでいたのだが、「鳥獣剝製所」など全然わからなかった。ところでこの「追悼号」の小林と中原中也の追悼的コメントを読んで、少しわかったような気がしたのである。小林さんはまた昭和二年『文藝春秋』の下の六号欄で、ランボーの生涯を読物として連載している。これはたしか長谷川泰子との同棲生活費稼ぎのためで、無署名だが、とにかく面白かった。

こうして私はもっと前から小林さんの文章を読み、だんだんランボーの方へ引かれて行ったのを知るのである。そうだ、『山繭』十四年二月号には「ポンキンの笑ひ」が載っていた。「鳥獣剝製所」はわからなかったが、この方はわかった。

富永家と小林秀雄と附合いは絶えていたが、中原と共にすでに伝説中の人物として、語られていた。語り部には詩集編集者の村井康男がいた。大正十五年か昭和二年の夏、小金井の富永家のドウダンを植えたテラスの星空の下で、夜おそくまで話した記憶がある。

その頃、私は旧制高校生の例に洩れず、文学的哲学青年、もしくは哲学的文学青年になっていた。昭和二年から成城の国語教師に来た村井さんの紹介で、木村重三郎という東大哲学科卒業生に、昭和二年夏からジンメルの『ゲーテ』を習いに行っていた。彼はフッサール、ハイデッガーを読みはじめていて、「現存在」ということをいっていて、ジンメルの授業はあまり気乗りがしないようであった。村井さんが百軒店のおでん屋でやけ酒を飲んでいるところを(富永の妹の菊枝さんに失恋して)、襲撃した。この時私ははじめて酒を飲んだ。ベルクソンの『意識の直接与件』の薄い訳を持って、女郎買いに行ったのだから、この秋から、三年の春へかけて、私は青春の脱皮期にさしかかっていたのである。

芥川龍之介は漱石の次の愛読書だったが、保吉ものあたりから、軽蔑していた。しかし自殺したとなっては、考え直さねばならなかった。追悼文はみな故人に対して礼を失する軽薄なものばかりで、たしか恒藤という古い友人の学者のものだけが誠意のあるものに見えた。

私は人生も大正文壇も嫌悪していたが、芥川の死は、人生は果して生きるに値するものか、自殺すべきか、について考え直しを強いるものだった。私はその頃父が建てた下北沢の別邸に行って、一週間ばかり過したおぼえがある。近所の森巌寺という寺の裏の墓地に、土葬の墓があって、盛り上った土を見てしばし瞑想に耽ったりした。

そんな時、村井さんが貸してくれた『大調和』の「芥川龍之介の美神と宿命」は、これらの青春の悩みを解放してくれたものだった。芥川の文学を神経の文学として相対化してくれた。芥川は遺稿で、イエスを書き、ヴォルテール、ボードレールを引用して、思想の文学めかしていた。小林さんは「芥川」を「逆説というものが何であるかを知らなかった逆説家」とこき降ろして、ヴォルテールを知らない少年を安心させた。

ただし村井さんに貸して貰ったのは「人生斫断家アルチュル・ランボオ」の方が先だったような気がする。小林さんの書いたものをみんな貸してくれ、といって頼んだのである。「佐藤春夫のヂレンマ」と「アルチュル・ランボオ伝」は自分で勝手に読んでいたけれど。

「自称、日本唯一の批評家だよ」と村井さんは、笑いながら教えてくれたが、以来五十五年の小林さんの業績は、それを実証することになった。

今、手許に創元社版全集（昭和二十五年）がある。例によって、大幅に削除があるが、自分が昭和二年に読んだ小林さんは何だったろうか、と気になり出した時、吉田凞生が掘り出してくれた「初出」のテキストが書き込んである。第三巻、題名は「芥川龍之介（美神と宿命）」と改題されて、次の書き出しの数行が削ってある。

「僕はこの小説を始めようとして先づ思ふのだ。芥川氏の突然の死去に依つて、九月のあらゆる雑誌は頭の《ママ》尻尾もない感傷家等の述懐と、プロレタリヤ批評家の不潔な寝言で、この暑いのに如何んなにムンムンすることだらうと。猥雑な世紀の殺したこの一つの不幸な魂を正視する人が如何んなに尠い事だらうと、」

プロレタリヤ批評家が引き合いに出されているのは、「玄鶴山房」の末段で、若い世代の人物にリープクネヒトを読ませているからである。芥川の「ぼんやりとした不安」には、当時の治安維持法制定とマルクス・レーニン主義の浸透、というよりはプロレタリヤ文学の進出に原因があると考えられたので、私も左翼文献を読み返した覚えがある。その頃は『ドイッチェ・イデオロギー』はあまりはやらず、私は『経済学批判』やカウツキー『資本論解説』エンゲルス『反デューリング論』を読んでいた。ブハーリン『史的唯物論』も、この年読んだはずである。

私はマルクスの剰余価値説を現代社会を正しく捉えた理論だと思ったが、革命に挺身するのはこわく、日本の天皇制権力は野蛮で強すぎると思っていた。グローセ、ルナチャルスキーの芸術理論は、図式的で面白くなかった。

そこへ『富永太郎詩集』が出た。大正十五年の小林、中原の解説では、ボードレールになぞらえていたが、『詩集』には、仏文詩「Au Rimbaud」と「飢餓の饗宴」(食いたいものは土と石)のすぐれた翻訳があった。それらは泡鳴訳、アーサー・シモンズ『表象派の文学運動』、辰野隆《ゆたか》『信天翁の眼玉』の紹介と共に、私をランボーの方に逐《お》いやった。マルクス主義でもなく、新感覚派でもない、極限の文学がフランス文学にあることがわかった。

成城には文丙(フランス語)はなかったので、夜学のアテネ・フランセへ通うことにした。三カ月で初等科を終り、次の年の一月から中等科へ進んだが、初等科をもう一度繰返す予定だった(教場ではフランス語しか使わない教授法なので、確実に初歩を身に付けるためである)。ところが中等科の教科書は、モーパッサン、ドーデ、フランスなどで、私の習いたいランボー、ボードレールはない。正規の勉強はまだろっこいので、またもや村井先生に相談すると、小林さんがフランス語の個人教授をしているという。そこで頼み込んで、二月から来て貰った。『パリの憂鬱』中の「老婆の絶望」を「ばばあの絶望」とどなった話はなんどもしたから、くり返さない。フランス語の授業中、一時間も文学の話をしてくれたが、これは泰子のヒステリーに悩まされていて、なるべく家へおそく帰りたかったからに違いない。むろんランボー、ボードレールについて質問したが、よく考えてみると、それだけではなく哲学青年の延長として、ベルクソン、ポアンカレ、デュ・ボア・レーモンについても質問をしていたことを思い出す。

私は従兄洋吉の指導で『意識の直接与件』と『創造的進化』を読んでいたが、『物質と記憶』を教わり、さっそく古本で買って、記憶の逆円錐形を知った。ポアンカレ『科学の方法』を、折から出はじめた岩波文庫で買い(ああ、昭和二年という年は大変な年であった。一方に銀行の取つけがはじまり、世界恐慌の先駆けをした)、ポアンカレが馬車を降りる瞬間、新しい理論について霊感が閃めく、しかしそれは永年の研鑽の結果が、一瞬に成就するのである、というようなことを教わった。これはヘラクレスも我々も、筋力の数は同じだ、というヴァレリーの理論と共に、自分の非力と不毛が気にかかっていた私を元気付けた。

三月から週一回の授業が二回になり、一回は東中野の谷戸の小林さんの家へ行って、中原中也に会った。やがて私の家での授業にも、中原と長谷川泰子がついて来るようになり、酒を呑むようになり、授業はめちゃくちゃになってしまった。

真面目な話を続けると、私はジンメルの生の哲学の尻尾をつけていたので、ジンメル『レンブラント』『ゲーテ』を鑑定してくれ、といって訳本を小林さんに渡したが、次の回に「つまらない」といって返された。そして大体ヴァレリーの「レオナルドと哲学者たち」の理論で、いかに哲学者がばかかを教えてくれた。その頃、私は『パリの憂鬱』は五、六篇ぐらいで卒業、ジャック・リヴィエール『エチュード』の「バッハ」「セザンヌ」を読み、「ボードレール論」の途中まで行っていたが、あとは一人で読むことにし、次回から「レオナルド・ダ・ヴィンチ方法序説――ノートとディグレッション」にかかろう、ということになったところで、小林さんは奈良へ行ってしまったのである。

それから昭和七年まで、接触は途切れる。小林さんは「様々なる意匠」「アシルと亀の子」で華々しくデビューし、文壇附合いに忙しく、私の方はとにかく京大に入っていたからである。この間によく附合ったのは、中原中也で、あとは河上徹太郎、青山二郎ということになる。

昭和七年、私は京大を卒業し『作品』に「文芸時評」を書いたが、小林さんに「もっと書きたいものが出て来るまで、黙ってろ」と「ヴィンゾア」でどなられて、やめてしまった。実に幼稚なもので、私もあまり乗り気でなかったので、これは適切な忠告だった。

それから私は国民新聞に入り、小林さんは鎌倉へ越して、また附合いがとぎれる。

昭和十年夏、霧ヶ峰のヒュッテに小林さんが行っていると聞いて、私は野尻湖にいた弟といっしょに、そっちへ廻った。青山二郎、中村光夫、深田久弥、北畠八穂がいたが、やがてみなは帰り、私は弟の持金を捲き上げて小林夫妻と共に、霧ヶ峰に残った。朝、松虫草の咲いている前庭へ出て行くと、二階の窓際で、『精神と情熱とに関する八十一章』を訳している小林さんの真面目な顔を憶えているが、ある夜、階下の二段ベッドの一つに寝ている私のところへ降りて来て、相対性原理とエントロピーを教えてくれたのが、私が小林さんから受けた二度目の授業である。

そこは元来スキー小屋であるから、二段ベッドが四つあり、窓際に粗末な形ばかりの差向いの机がある。電気はなく、石油ランプの光が、ベッドの木組の下の方の部分を陰気に照し出している。小林さんは何を思ったのか、突然降りて来た。

エディントン『物的世界の本質』はその四、五年前に翻訳の出た本で、小林さんは「手帖I」（昭和七年十月『新潮』）で、それに触れている。しかし何分、この頃からあまり会わなくなっていたので、そのまま教えてもらう暇がなかったのだが、たまたま霧ヶ峰で一緒になったら、向うから階下まで出張教授になったのである。

私はフィッツジェラルドの短縮、マイケルソン＝モーリーの実験を知り、特殊相対性原理と一般相対性原理の区別、エントロピーと熱力学第二法則を知り、エネルギー恒存の法則が危うくなっていることを知った。この時、私は熱力学第一法則は熱が高い方から低い方へ同じになるまで移る、第二法則はエネルギーと熱との転換の不可逆性と勘違いして憶えてしまった。それは実に戦後まで続いたのだから、最初の思い込みは抜き難いものである。

昭和十一年、私は鎌倉扇ヶ谷の小林さんの家の近所へ下宿した。私は「スタンダール」を書いて、やっと小林さんに及第点をもらったが、話すのはモーツァルトとスカルラッティと量子論ばかりだった。北鎌倉の関口隆克の弟に、大学で量子力学をやっているのがいて、来て貰って講義を聞いたが、教える方も教わる方も要領が悪くて、よくわからなかった。

むしろ姥ヶ谷にいた哲学者佐藤信衛（彼はやがて『文學界』同人になる）の家に行って、科学的思考の創始者としての、デカルトを教わる。

戦後、しばらく小林さんの離れにおいてもらっていた頃は、原子爆弾にオッペンハイマーの理論と、ハイゼンベルクの「不確定性原理」について話した。文学については、「不確定性的小説」が出て来てもいい頃だがな、と私はいった。小林さんは昭和十二年から相対性原理よりも、プランクのhの発見の方が重大だという説だった。私がレアリテは量子論の方にあるというと、「しまった、それはおれが教えてやるべきことだった」という顔をした。小林さんが「感想」（昭和三十三―三十八年、未完）で、ベルクソンとアインシュタインの論争をトレースしたのは、私の眼からはごく自然であった。しかしそれらは、ここで書くには、少し面倒な問題である。

（一九八三年四月）

小林秀雄さま、（弔詞）

一九八三年三月八日　青山斎場

小林さん、しずかにお休み下さい、私がいまここで、あなたの霊に、こんなことをいうことにならう《ママ》とは、思いも寄りませんでした。私はあなたより、七つ年下ですが、七、八年前から、白内障、心不全、立くらみその他病気持になり、このとおりふらふらの体を霊前に運んでいます。鎌倉までも行けない時があって、年に一度、時候のいい時のパーティでお目にかかるのを、楽しみにしていました。けれど薬のせいもあって、耳が遠くなって、さわがしいパーティの席では、となりに坐ってもほかに人がいると、話がよく聞きとれない。先に帰ることにして、さよならをいおうと思ったら、ふいに「死んだら骨を折《ママ》ってくれよな」という言葉が口から出た。あなたはまじめな顔になって、引き受けたという調子で、手を握ってくれました。その私が、あなたの骨を拾うことになってしまったのです。

あなたは去年はじめまで元気で、みなの中で、一番長生きすると思っていました。それだけ私は安心して死ねると思っていたのですが、これからあてがなくなりました。いま胸がふさがる思いですが、あなたは多分、こんな時に、人前で取り乱す奴があるか、というだろうと思います。だから、私は我慢しています。いつまでも我慢するだろう、と思います。ただ、あの時、手を握ってくれたお礼をいうのを、忘れていました。病院では不吉な骨の話はできませんでした（これは泣くと思って省いた句）だから幽明境を異にしたいま、五十年以上長い間のご恩のお礼をかねて、申します　ありがとう、ございました。おわり。

小林秀雄との対話

現代文学とは何か

カミュについて

大岡　「シジフォスの神話」、読んだ？
小林　うん。読んだが、小説の方が面白い。
大岡　「異邦人」の意図を説明するために書いたっていうんだが、どうも哲学者の書いた論文と思えない節があるね。
小林　うむ。思えない節がある。俺の論文並みだよ。低級だよ。
大岡　あなたよりカミュの方がずっと単純ですよ。不条理、不条理ってお題目みたいに唱えてるだけだ。しかしあれはどういうことですか、サルトルなんかでも、哲学科の出身の連中が、盛んに小説を書くっていうこと。
小林　さあ、どういう料簡かねえ。
大岡　サルトルの「存在と虚無」には、日本にもずいぶん傾倒者がいます。そういう若い人に言わせると、あとは全部宣伝だそうです。
小林　どっちがいいって？
大岡　「存在と虚無」の方がいい。僕はまだ本は読まないんだけれど。
小林　やはり小説の方が面白いんじゃないかと僕は推察している。
大岡　シジフォスというのは、どういうことなんですか。ギリシャ神話中の半神で、岩を山頂まで押上げる運動を繰り返すという罰を受けたやつでしょう。
小林　そう。
大岡　それが結論なんですね。
小林　そう、あれが結論、結論って奴はみんな詰らない。石は落っこって来るのが判ってるだろう、いくら押し上げても。全く希望のない事を知りつつ平気でそれをやる。結局、考え詰めて行くと、それが幸福だ、それが幸福でなくてはならんという……実に壮大な思想を貧しい論理に盛ったものだ。
大岡　自殺の問題から説き起していますね。人生は果して生きるに価するかどうか。
小林　自殺というのは、つまり計算の誤りなんでしょう。
大岡　成程。
小林　で、結局、ニイチェの運命愛みたいなものをソロバンではじき出そうというのです。

大岡　「異邦人」の解説というより、むしろ、「ペスト」を前もって宣言してるように聞えますね。「異邦人」にも、何かそういう理窟があるのかな。牢屋で一人で威張ってるだけみたいだけど……「異邦人」読んだですか。
小林　読みました。
大岡　どうです。
小林　「ペスト」の方がいいね。
大岡　一つには「異邦人」が占領中の作品、「ペスト」は戦後なんで、積極的なものが出せたということがあると思いますが……ただあの連中の書くものは、「ペスト」でも、「自由への道」でも僕にはちょっと解らないところがあるのです。
小林　フランス人で僕らに一番わかり難いことは、彼等の計算趣味だよ。「シジフォスの神話」はその最も露骨なものだね。例えばシェストフは、或《あるい》はケルケゴールは、ここん処を飛躍《ソート》している、という。ソートは計算じゃない。そういう事をしきりに言う。そして、とどの詰りはシジフォスは幸福へソートするんだ。手品だ。
大岡　でもあの文章はいいでしょう、カミュの文章は。
小林　いい。
大岡　スチブンスンの文体みたいに、整理し尽されてる感じだけど、一定の効果を狙って計算し尽したのとも違う調子を感じるんです。カミュという人は、おそらく、よほど正直な人なんでしょうね。

小林　そうでしょう、きっと。

大岡　こういうことさえものが出てきた理由を、少し前から振返って考えてみると、小説というものは、とにかく二十世紀に入ってからは危機の状態にありますね。伝奇小説もリアリズム小説も信じられなくなって来た。そこで、例をフランスに限っていえば、倫理とか美意識とかに助けを求めていたんですが、戦争なんて激しい事態になって来ると、それも怪しい。実存主義なんてやけっぱちなものが出て来たのも、そのためですが、ただとにかくあの連中は仕事をしているんだ。理窟でいえば、政治的なり、社会的なりに割切れるんですが、それを、カミュは、全部ことさえものの状況で埋めたわけです。

小林　埋めた方がいいや。

大岡　結局そういう仕事の出来上りが美しいかどうかということだと思いますが。

小林　ええ。

記者　広津さんが「異邦人」について、新聞に書きましたね。結論はああいう努力はつまらないということなんですけれども。

大岡　努力がつまらないということじゃなかったようです。これは、よそにもちょっと書いたけども、広津さんのは、今小林さんが言われた計算ということね、これが見え透いてるというんですよ。「異邦人」は、最初は平凡な日常の茶飯事が綿々と書いてあるでしょう。それが真中に殺人行為が挿《はさ》まり、裁判事件になると、全部意味をもって来る。被告は犯行の動機は太陽のためだとよりいえないんですが、それが怪《け》しからんという常識論なんです。結局最初の何気ない書き方の計算が見え透いている。読者に一杯食わして作者はニッコリ微笑んでいる、という広津さんらしい見方なんですが。……僕は、あの小説は、いくらなんでも、それだけじゃ片附かないと思うんです。

小林　どういう意味かよく解らないけどね、読まなかったから。

大岡　被告が太陽のためだといったのは、こういうことなんですよ。砂浜を歩いてるんでしょう。とにかく暑いんだ。アラビア人が泉の所にいる。危いと思いながら近寄って行く。そして偶然拳銃を持っていたため殺してしまう。だから、太陽のためだというのは、単純な因果関係を指摘したにすぎないんですよ。

ただ、倒れた相手にまた三発か四発射ったんです、これもまた太陽のせいになる……。

小林　そうか。そういうことか。

大岡　うん。

実存主義の文学

小林　しかし、そういうことを言うと、今の小説には例があり過ぎて困るんじゃないかな。サルトルでもそうだしね。二十世紀の小説ってものはね、一種の現象学なんだよ。現象的な記述だよ。プルーストを通過しているからねえ。意識の流れがそのまま存在論的構造に化けちまってるからな。作者が手品をつかって舌を出すぐらい何でもないや。出された舌に馴れるか馴れないかが問題だ、今にみんな馴れちまうんだ。単なる心理的問題じゃないか。

大岡　実存主義でも表現の手段じゃつまらない。それで人間が生きられるかどうかということが問題だものね。

小林　そうなれば問題は違って来ます。

大岡　だけれども、現在の、要するに、状況がそうだということも考えられますね。フランスという国の状況は、例えば「自由への道」を読んでも、解るでしょう……。

小林　解る。

大岡　あのころのフランスは、いざとなれば、ソヴィエトがいるというので、四十時間労働とかなんとかいって、武器を造らなかったでしょう。そのソヴィエトにどたん場で、ドイツと手を握られて、敗《ま》けちゃった。そうすると、もう普通のことでは割切れない、いろいろな状態が生じて来る。最近アランが死んだんですが、反応は、皆無だってね。みんな政治のせいなんです。アランが支持してた急進主義者が色々過失をやってしまったということなんです。アランみたいに、己れだけを持してやって行くという主義では、フランスという国では、もう生きて行かれないんだね。

ところが、面白いことに、フランス人は、このごろ政治に倦《あ》きたそうですよ。この間、生島遼一さんがロベールと話をした時、そういったそうです。こんなこと今まで見たことがないって言ってたそうです。何しろ、大革命以来、フランスってのは、世界で一番政治的な国民だったんですからね。やりきれなくなったんですね。

小林　サルトル曰《いわ》く、レ・シチュアシオンさ。

大岡　全部状況《シチュアシオン》だ。ところで今現在の日本にこういう状況文学をそっくりそのまま頂戴する根拠があるかどうか疑問ですね。何しろ占領されてるんだから……日本の共産党は忽ち地下に潜っちゃったが、あっちじゃちゃんと上へ出て、投票の過半数を集めてる。

小林　今に、日本にもシチュアシオンがのさばって来るよ。

大岡　そういう状況の中から、カミュみたいな、不条理なら不条理で割切ったものを出したくなったということ、これは何も頽廃なんていわないでも、普通の人情としてわかると思うんですが、そういう、カミュの計算し尽した「ペスト」なんかが、どうして美しくないかということが問題ですね。こないだ、カントの「判断力批判」を読んでいたら、美というものは、完璧である必要はない、そういう意味のことが書いてあった。言葉は違うかもしれないけれど……。美とはまず我々が自然の中に無批判的に見出すものである。花は美しいでしょう、これが自然美。芸術という人間の創ったもの。これは判断力を通じて感得するもので、ここでは完全性が前提されている。芸術品は、部分まで全部合目的的でなければいけない。しかもその合目的性が目的の表象なくして知覚されなければならない、という面倒なことになっています。多分カミュの作品の欠点はこの合目的性が目立ちすぎるということにあるんじゃないでしょうか。カントによると芸術を自然に似せるのは、天才の力です。これは別にゲーテの天才とかなんとか、そういう量を考えなくても、志賀直哉の天才でも結構なんです、とにかく天才という人間の生得の自然力が作用して、芸術品を生かす……読み違えてるかもしれないけれども。

小林　「判断力批判」なんて困ったなあ、もう忘れちゃったよ。ああいう本はね、正しい事しか書いてないのだよ。みんな正しいのだ、きっと。この間「パルメニデス」を読み返したらそう思ったな。みんな正しいのだ。逃げ口なんか絶対にありはしない。そう思えばこそ読んで得するんだ、又新たにね。カントの仕事は、初めから判断力というものの批判だったんだが、その限界性の方から調べ、次にその可能性の方から調べ、それから両者の調和という風に考えが進んで行ったのが僕は面白いと思う。芸術家というものは楽しみながらやっているからね、少くともカントの時代はそうだ。理性の限界も道徳の可能性も格別に気にしないで結構巧みにやって行く人間があるんだ。こいつにぶつかってカントは哲学的批判力の実験をしたんでしょう。カントは先ず調和を信じたんだ。それからやったんだ。実験が成功しないわけはない……。

大岡　判断力には美的判断力と目的論的判断力と二つあって、これが二つの批判を結んでいるらしい。目的論の方は宗教哲学になるようです。ところで趣味判断の第四契機として、共通感というものがあります。ゲマインジン。これは常識とは違うと断っています。我々が或るものを美しいと思うことには、当然、人も美しいと思うに違いないという、そういう感じが含まれてる。これが趣味判断の普遍性のもとだというんです。

小林　そうそう。それが、たとえばアランの芸術論が、カントから出発してる点です。無論、常識ではない。所謂《いわゆる》規定的判断力を超えるからな。証明の余地はないです。

大岡　美は、概念なくして必然的満足の対象として認識される。

小林　目的だってそうでしょう。或る一定の目的はないわけだ。だけれども、目的はつくられて行く。

大岡　とにかく、アランは、「判断力批判」を読んだことがない奴は、相手にしないって書いています。俺の本を読むのはそれからにしてくれって。……残念ながら、教養がないんで全部は読めないんですが、共通感は、アランの「スタンダール」の中に引いてあったんで、気をつけていたんです。スタンダールのは、絵の鑑賞について「正確に感じる」ってことをやかましく言っています。「自分の感覚の中に読む」、奇妙な考慮だが、これが、カントの所謂ゲマインジン、共通感をスタンダール独特な形でいったものだとアランはいっています。小林さんなんか、絵や骨董なんか見て、やはり大事なのは正確に感じるということなんでしょうね。いいと思うことは、やっぱり人にも、どうだ、いいだろうと思わせたいという願望が含まれていやしませんか。

小林　ええ。

ヴァレリイについて

大岡　ただ芸術品を天才の産物とするカントの考えは、やっぱり十八世紀だと感じます。今世紀になってヴァレリイがはっきりさせたんだけれども、ボードレールあたりから、作者が自分の能力を分析し出した。つまり天才という自然力の計量を始めたわけです。物を創る人間の計算が何処まで及ぶものかということを一生懸命考えたわけです。

小林　十九世紀のコンフェッションという化物の仕業だよ。

大岡　成程、ポーの「詩の原理」——「大鴉」の制作過程の説明も、告白にすぎませんか。あれはむしろポーの韜晦《とうかい》と見るのが近頃の定説です。ヴァレリイも、自然は部分の方が複雑だけれども、芸術品は部分は簡単だと言ってる。ヴァレリイの「人と貝殻」という論文があるでしょう。貝が貝殻を造る材料は、生物学でははっきりわかっているが、どうしてこういう螺旋形を創らねばならなかったかということはわからない。人間は自分の能力に照し合せて、誰がこれを創ったかという疑問を抱くことができるといっている。

小林　疑問を抱く事が出来る、……それが結論だね。だがこの結論は冒頭に戻るんです。音楽の様にね。ありゃ実に美しい論文だ。レオナルド論とはまるで違うんですよ。晩年の作だからね。計算趣味なんかもう克服されているのだ。無論これはカントの美学とは違う。違うけれども、あの疑問は形而上学的なものには違いない。そう考えるとあれはやはり大変カント風な考え方だと言えるんじゃないかな。先ず美が信じられているんだ。だから誰が創ったかという疑問が在る。疑問はヴァレリイの信仰告白だ。疑問とは美の一形式に過ぎない。つまり詩人にとっては回答に他ならないでしょう。ヴァレリイの見ているものも、やはりカントの見た同じ天才なのだ。少くともそれに触れている。ヴァレリイの見ている貝殻は生物学者の見る貝殻ではない。芸術作品とみなしての貝殻だ。部分が単純で全体が複雑な貝殻でしょう。天才が創った貝殻でしょう。天才の居場所をあの人は変えて来たんだね。僕はそう思う。レオナルドでは「貝殻より人間へ」だ。晩年のあれは「人間と貝殻」じゃない。「人間より貝殻へ」だ。詩人たる事を止めぬ限り、自然はカントが考えた様に根柢的には目的論的に考えるより他はないのだ。天才力の計量のやり方があんな風な形式をとるに至ったという事は、それはやはり十九世紀の分析的な知的なコンフェッションの道を通過したからではないかな。

大岡　そうですね。そういう十八世紀的な、カント的な考え方は、十九世紀にも二十世紀にも出て来てる、ぽつんぽつんと、文明の間に頭を出す。

小林　ええ、出て来る。それが僕らの、精神の構造なら仕方があるまい。

ロマンチシズムと現代

大岡　中村光夫に聞いたんだが、あのロマンチックというものは、自我の高揚とかなんとかいわれているけれど、実は「ペスト」みたいに、計算されたものなんだってね。

小林　何が？

大岡　フランスの後期ロマンチックのことです。ルソーは同じ十八世紀の精神の中だけど、ユーゴーなぞ十九世紀の初めになって来ると、たとえば、アレキサンドランという古典的押韻を、わざと二つに区切ってみたり、技巧を凝らしたものだそうです。十八世紀的な、世界的なものをやめて、わざとフランス独特のノートルダム寺院を描くとか、非常に知能犯的なんですよ。計算の結果です。カミュやサルトルなんかと二十世紀の前半で年代的に、ちょうど一致してる点もある。

小林　そうかねえ、どういう事だろう。

大岡　計算好きということが一つ、それからたとえばサルトルの「自由への道」なんか見ると、現代的伝奇小説の俤《おもかげ》があります。事件が時間の経過を迫って起る。そこであなたがいつかいってたように、現実感が稀薄になるんだけれども、これもロマンチックと共通な点ですよ。サルトルに言わせると、小説の本質はアタント、期待にある。次々に読者を待たせる技術だそうです。いつもどうなるだろう、どうなるだろうと思わせておかなければならない。これは十八世紀の啓蒙的な合理主義の反対だ。ただ十九世紀的なロマンチックと違うところは、リアリズムというものを一旦通っていることでしょう。前のロマンチックでは自我の解放という幻影の上に、個人的心理の表現に工夫を凝らしていたが、今度は状況に負けた個人を、外的事件の仮構によって復位させようとしている。逆なんです……どうも、あなたにすっかり納得させるように説明するのはむずかしいけどね。

小林　貴方の言いたい事、大体見当はつくんです。ただ逆上していたロマンチックなんて考えられやしないからね。「エルナニ」は恐らく「ペスト」の様に計算されていたよ。スタンダールが腹を立てたのはロマンチックのパッションではない、計算趣味だ。スタンダールが二十世紀に生れて来て、サルトルのロマンチシズムを言ったってまあ私は不服は言わない。併し批評精神の方はずい分辛辣にはなって来ているだろう。

大岡　ところが前世紀のロマンチシズムには案外批評家がいたんです。今では消えてしまったけど、当代の「シジフォスの神話」みたいな変な理論書が沢山書かれたんです。サント・ブーヴなんかも、その最後の一番完成した現れでね、作品の後に作者を考えるということ……。

小林　個人主義？

大岡　うん、個人主義。それはフロベールにもゾラにも続いてるでしょう。いくら現実の再現といっても、みんなそういうロマンチックな自我を通じて社会を批判したので、個人というものは厳としてあった。その結果最後は批評が、文学の最高の形式になって来た、そういう所まで来ちゃったんじゃないでしょうか。

小林　ニイチェみたいに？

大岡　僕はニイチェは知らないんですが……。

小林　批評が文学表現の最高の形式になったなんて事はないが、批評より他の形式が我慢がならぬニイチェの様な人間の出現を見たというならわかります。あれこそ批評のデモンだよ。後にも先にもない貴重なデモンだ。ああいう人のものを読んでいるとクリティックとクレアシオンとの対立など凡《およ》そ考えられないから愉快だな。創造の様式が矛盾した、分裂した、非常に複雑な形をとっている、実に立派にとっている、そう思うだけだ。これは貴重な事です。

現代の小説の形式

大岡　小説だって複雑な形式を考え出さずにはすまない。……たとえば、モーリヤックの「テレーズ・デケイルゥ」という小説があるでしょう。時の構成が三段になってるとか、四段になってるとか、とてもうるさいんですが、カミュは時間の経過を追ってるでしょう。そこに「異邦人」で広津さんが指摘されたような無理も出て来るけど、一方二十世紀の面倒な批評的物語形式とは違った趣きが出て来るというものじゃないでしょうか。「ペスト」

だってそうでしょう。記録者は最後にならないとわからない。それはリユーという人物を、記録者という先入主なく読者に伝えたかったからでしょう。ただのコンフェッションでは読者が小説的感興を起さないというような所まで、今の小説は追込まれて来ちゃったんじゃないかな。

小林　ずいぶん複雑な問題だなア。どうにでも考えられるな。……結局、あなたはどういうふうに考えるのさ、カミュという人は未熟なのか？……

大岡　読後割切れないものが残るという点で未熟に違いないと思うんですけどね。とにかく全体としてあの努力感に美があるんじゃないでしょうか。その美は、あなたも指摘されたような、ポエティックな形で現われているんです。サルトルはポエティックに逃げてると厭味を言っていますがね。成程サルトルの「自由への道」は最初はカミュと比べると、もっとリアルな露骨なものだが、二部になって、政治的事件が出て来ると、その叙述が、やっぱりなんとも言えずポエティックなんだね。してみると、現代小説は結局は批評精神を唱い上げるということだけになるんですか……小林さんは、現在、まだ小説というものは、書く余地があると思いますか。

小林　無論、あるでしょう。

大岡　どうしてですか。

小林　そりゃあ、ただ、どんな才能の士がこれから現われるかわからないという意味です……。僕個人の好みから言えば、ヴァレリイは何度も読み返していよいよ面白いが、「自由への道」は一ぺんで沢山だよ。小説の生命はアタントにあると彼は言っているのかい。そんなら二度読むなんて不合理だな。作者の方でも御免だろう。それでいいわけじゃないか。読者のアタントを狙うという点では、君のさっきの説は正しいかも知れないな。ロマンチック共は、読者のアタントばかり気にする大家共じゃないのか。大革命後のロマンチックがリアリストになり、リアリストがエキジスタンシアリストになるという事はあっても、小説家は描写というものを捨てる事は出来ない。「彼女はドアを開けて、悲しそうな顔をした」。嘘つけと言えばそれで何も彼もお終《しま》いさ。冗談ではないのだ。僕はこの簡明瞭な考えをヴァレリイからもらったんだ。もらって了《しま》えばどう仕様もない。どう仕様もない程正しい考えなんだからな。それにこういう事も考える。小説というものには多数の読者が要る。大小説家は多数の読者を得る事に必ず先ず成功した人だ。このロマンチック以来の小説の運命は今日でも少しも変っておらぬ。これは僕には考えただけでも辛い事に思えるんですよ。

大岡　どうも、むずかしい所に入り込んじゃって困ったね。

小林　あなたが、むずかしくしたのですよ。

サルトルについて

大岡　小説家は多数の読者を獲得しなければならないと言うことでしたが、こないだ林（芙美子）さんの御葬式へ行ったら、長屋のおかみさんみたいな人でいっぱいだった。林さんの小説は、一種の謡い物の精神で人をつかまえていたわけですね。つまり刺戟ですね。映画もそうだけれど小説も言葉という観念的な道具を使いながら、刺戟よりないとは情けない話だな。人間の刺戟に対する反応には、やっぱり限度があるし、ある程度行くと磨滅してしまう。そんなことで、小説を持たしていちゃ、作家もどんどん死んじゃいますよ。バルザックだって過労で死んだ。サルトルの説だと、文章というものは、要するに廻ってる独楽と同じでね、廻ってる間立つことが出来る。読者がその中に入って感興が続く間立ってるが、本を閉じてしまえば、汚い印刷された紙がそこにあるだけだ。とにかく何でも心得てる奴ですな。批評もなかなか面白い。作者がどんな思想を持ち、どんな人間であるかなんて問題にしない。どう独楽を廻したか、ということだけなんですね。思想の方は別に、哲学があるらしい。

小林　じゃ、何故独楽をまわすんだろう。哲学の方は……。

大岡　「存在と虚無」はとにかく七百ページあるそうですよ。

小林　いや、もう願い下げにしときます。あの人の批評には、何か残酷なものがあるなあ。

大岡　なにか爬虫類か、ユダヤ人みたいな肌触りね。

小林　実存主義という様なものには、やっぱり何か心穏やかでないものがあるのだね、それが現われるのかな、やっぱりコンプレックスかね。

大岡　一種のコンプレックスに違いないです。小説にも出ている。

小林　あの鋭さはとてもかなわないと思うが、何か妙なものがあるね、復讐の念みたいな、残酷なものがある。愛情がないのです。

大岡　ところが、「自由への道」では、マチウという主人公は、間抜けには書けてるけれども、悪人には書けてない。どこまで行っても善人だな。

小林　ああれはサルトルのムイシキンとでも言うべきものかな。終いにどうするか知らないけれども……。

大岡　小説はまだ未完で、今のところは、生死不明ですね。一人で鐘楼へ立てこもって弾を射ってるところで、自由だ、自由だって怒鳴っていますが、これが結論かどうか怪しいものだ。そんなこと僕に思わせるだけでも、独楽の廻し方がまずいかも知れない……。兵隊の中にいれば、もっと人間下等になるはずだが、いやにおとなしいです。サルトルみたいなインチキ……でもないだろうが、ああいう奴がああいう主人公を創り出したということは……。

小林　そりゃ、やっぱり必然なんだろう。

大岡　実存主義者にいわせると、実存的思考はギリシャの昔からあるそうです。

小林　そうですか。

大岡　ニイチェなんかも無論実存主義者の中に入ってしまうんだけど……。

小林　だけれども、キリスト教精神を抜かせば、パスカルなんかの考えに非常に似てるんじゃないか。

大岡　パスカルは実存主義中興の祖ということになっています。パスカルはデカルトの同時代人ですね。デカルトが出たのでパスカルはああいう別の系を考えないわけに行かなくなったということは、なかなか深刻だと思うんですが……しかし現代の実存主義者はどうして小説を書かなければならないんでしょうか。そこが実に妙なことで、よく解らないんですがね。もっとも彼等は何にでも興味を持つ人種でね、サルトルのやってる雑誌には、精神病学のドキュメントなんかも載るそうですね。精神病学にも実存主義を取り入れたのがあるそうです。一体このごろの精神病学では、一貫したパーソナリティーというものは認めないんですよ、平常人と狂人というものを連続したものと考える。どうしてあんな人が気違いになったろう、と我々は言うでしょう。そんなことは、もうないんだね。人格はそのときどきに生起し消滅するあるものだ。そういうふうに考えて行かないと、精神科の先生方が治す上でも都合が悪いらしいですよ。

小林　治ればいいいさ、治す為にはどんな仮説を考え出しても差支えあるまい。

ゴッホについて

大岡　フロイドなんて先生は、人間には死の願望があると言っている。

小林　死の何？

大岡　死の願望があるんだってさ。フロイドっていえば、最初は例のリビドーという性欲の単位で人生を万端割切っていたけれども、この頃は色々修正して、人間は生存の本能と共に、死にたいという願望があるというんですよ。崖の上に立つとなんとなく飛び込みたくなる、っていうあいつです。

小林　フロイドは多分間違っちゃいまいよ。死の願望をゴッホの手紙に見付けるのはわけはない。しかし困った事は、フロイドには心理という人間の部分が複雑なんだが、例えば僕にはゴッホの一生という全体だけが複雑なんです。心理のメカニスムは人格とは何の関係もない、これはゴッホ自身の信念でもあるんです。心理学者はこんな信念がそもそも心理学的一症例に見えるだろう。そうなるともう馬鹿々々しいと僕は思って了うのだな。ゴッホはそういう信念を体験から得たのです。時々発狂しなければ生きて行けない様な生活を体験する事態となって、他にどんな生き方が可能ですか。仕様がないよ。そして正しいのだ。自分の発作を、どうしても自分のものではない心理のメカニスムと考えたいのだ。そう考えなければ正当に生きる理由がどこにもないという、そういう処だけに人格はある。そういう努力感が手紙に実によく現われています。で結局発作の方に敗けて了ったのだが、敗けたって勝った方に真理があるという理由にはならんからね。

大岡　この間ほかで、小林さんのゴッホ論では、画家の技法を追求して行けば、狂人というものはなくなってしまって、結局画家の内心の論理よりなくなるだろうと、書いたんだけれども、そうじゃないんですか、人格ですか。

小林　ええ、人格だが、それは彼の信じた美と結びついています。アラン流に言えば、美は精神のみに属するんだ。精神ってエスプリだね。アランの使うエスプリという字は精神と訳しても困るんだなあ。訳語がないんだから仕方がないが、いっそ人格と訳したっていい様な言葉だと思うんです。勿論、レーゾン（理性）でもアンタンドマン（悟性）でもないんだが……。

大岡　ゴッホは、アタックが来るナと予感したから自殺したの？

小林　あの人は、もう終い頃には、三ヵ月か四ヵ月目にアタックが先ず大丈夫やって来ると知っていたのです。アタックが来たら自殺し損うからな。まあ、その他原因めいたものがいろいろあるのだ。

大岡　自殺の成否は偶然なんですね。

小林　ええ、そう、併し全く偶然な行為を自殺とは呼ばないな。難かしいのはそこだ。この心理と行為との対決問題には、ドストエフスキイの大実験を要するんだ。「罪と罰」は純粋心理批判だよ。心理記述じゃないのだ。カントの意味の批判なのだ。

大岡　僕は人格が出て来るとは思わなかった。きっと狂人の論理が出て来るのだと思っていた。

小林　そりゃ、君、不可能ですよ。信ずるに足りるものだけを信ずるより他はないからね。僕は人格主義を信じないが、恐らく人格は人間に強制された一番確かなものだと思っている。

散文精神について

大岡　カントは、美的判断は非常にむずかしいと言っていますね。つまり芸術品に自然美を見る人と、目的性を見る人とで判断がまちまちになる。そこで論争が起る。

小林　二つ区別しなければ気が済まなかったんだから。尤も論理による説得力が信じられていたんだから五分々々だ。……それにしても散文の美というものは面倒な性質のものだなあ。

大岡　散文というものには、必ずスキャンダリゼ――いやがらせとでも訳すかな――の要素がある。僕の短い経験でも、書いていて、ちょっとこれは人に厭がられるなというところを押して書かないと、話にならないですな、小説ってものは。「源氏物語」だって、そうだったと思うんだな。つまり、ああいう平安時代の貴族社会があるでしょう。男は荘園の維持とか、位階の昇進とかいろいろやっている。ところが紫式部って女が、光源氏という色男をこさえて、いい、いいものあわれだかなんだか知らないけれど、恋愛三昧の生活を送らす。これはきっと当時の社会をいやがらせた点があるはずだと思うのです。そういうものが必ず散文にはある。批評は最初はそういうものに対する平衡運動だったと思うんです。ところがサント・ブーヴあたりから批評は平衡運動ではなく、傾いた方へさらに錘《おも》りをつけるようになって来た。ワイルドが、批評が現代の文学の最高の形式だと言うのは、そのスキャンダリゼの作用が、小説では生ぬるいということじゃないかしら。

小林　だって、今の小説というものは、非常に批評的なんじゃないかい？

大岡　批評が小説の領分に入って来たから小説家だって批評から養分を取ろうとする。

小林　そんなことじゃなく、自然とそうなるんだろうけどね。

大岡　僕は公式批評を恢復すべしっていう中村光夫の説に賛成なんです。アリストテレスの詩学はギリシャ悲劇に熱狂する群衆が目に見えていたので、その現象をカタルシスと名づけた。そういうものでしょう。

小林　古典批評というものはね。

大岡　それが十八世紀までずっとあったわけです。ところがサント・ブーヴあたりから、そうじゃなくなった。

小林　彼は告白主義と実証主義との混血児だよ。

大岡　錘りを重くするばかりが批評家の能でもないだろうと思う。ボアローは韻文で批評してますからね。

記者　最後に、これからの批評家に何を望むかというようなことを……。

小林　そんな事は困るなあ。僕は、いつもまとまりのつかぬ困った事ばかり考えているので、批評という事になれば、やっぱりそれは批評のデモンの出現だ。デモンなんていけなければ、公式批評だって結構じゃないか。公式批評だってピンからキリまであるわけでしょう。僕は自分があんまり出鱈目な勉強の仕方をして来たから、一流公式批評が出来る様な学者の出現が望ましいな。

（一九五一年九月）

大岡　小林さんに会ったのは、昭和三年、僕が十八歳のときだから、もう四十年近くになるわけだね。

小林　はじめ、どこで会ったか、俺はおぼえていないな。

大岡　渋谷の俺の家だよ。成城高校の教師をしていた村井康男の紹介で、あんたはフランス語の個人教師としてあらわれたんだ。

小林　どうして村井を知ってたの。

大岡　前の年、村井さんは富永太郎の詩集を編んだでしょう。僕の成城の同級に太郎の弟の次郎がいた。だから、しょっちゅう富永家で顔をあわせていたんです。

小林　そうだ、成城の先生だったな。いまなにしてるの。

大岡　法政大学の教授、そろそろ定年だろうけど。

小林　そうかい。

大岡　フランス語の授業がすむと、あとは文学を教えてもらったな。一つよく覚えているのは、君の帰るのを渋谷駅まで送ったことがある。宮益坂の上まで散歩に行って、そこで君は、日本人というのは実に敏感だと言うんだよ。村井さんは三味線の音を聞くと情感を催すと言ったんだが、僕の世代では、なんにも感じない、どうだろうって、あんたに聞いたわけだ。するとあんたは、日本人は敏感だから、ああいう楽器が発達したので、それはそう急に抜けるものじゃないと言った。そのころの話はヴァレリー、ジイドばかりだったから、へんに覚えているんですよ。あんたがあとになって、古典に復帰したとかなんとかいわれるけれど、あのころからそういう考えがあった。

小林　三味線はよく妹がやっていたからな。おっかさんもやっていたし。

大岡　戦争中、あんたが「西行」とか「無常といふ事」を書きはじめたころ、俺は月給取だったが、そのうち馘《くび》になって神戸から上京して相談をもちかけたりしたことがあった。戦後はあんたの離れに世話になったけれど、そんなとき、こんどの「西行」をどう思う、とあんたが聞いた。俺なんかものを書いても、先方が言い出すまでそんなことを聞いたりしないんで、これも覚えているんだ。あんたはいつも新しいことを試みているけれど、「無常といふ事」なんて、どういうつもりだったの。

小林　俺は気まぐれなんだね。いつでもなにかやるときに、これはどうなるなんてことは考えないね。振りかえってみるとそうなんだよ。なにか慎重派みたいに思われているんだけれども、やったことってえのは、どうもそうじゃないな。だからやっていて横へ行くと、ずうと横へ行っちゃうだろう。

大岡　「モオツァルト」を読み返してみて、あの悲しみは、なにか戦後と関係があるような気がする。やはり敗戦はあんたにとって打撃だったんじゃないかな。あの形で書くということは、戦争中から決まっていたの。

小林　あんなふうな調子になるなんて、ちっとも思わなかった。なんだかそれは、おっかさんが死んだことと関係があるかもしれない。

大岡　お母さんが亡くなったのは昭和二十一年の五月、「モオツァルト」が発表されたのは、その年の十二月だったね。この間、中原中也詩碑の除幕式のとき、あんたは、お母さんに言っていたね。中原が先に死んで、あとに残ったおっかさんは淋しかったろうって。だけど、あんたのお母さんは、あなたが立派になったのを、とても喜んでいたと思うな。

小林　おふくろは弱かったから、死ぬ予感がいつもあった気がする。俺は鎌倉で一度か二度、お母さんから聞いたことがあるよ。

大岡　あのとき、いくつ。

小林　六十七かな。君なんか、お母さんのこと、考えないかね。

大岡　おふくろはあまり若く死んじゃったからね、四十八だった。

小林　君なんかそんなに苦労かけたことはないだろう。

大岡　そのとき、俺は二十一か二だったからね。酒を飲んだというくらいだ。父親よりも先に死んだ。

小林　僕のは、親父が先だろう、だからその苦労といったらひどいもんだよ。僕なんかああいう愚連隊だったからね。……それがいつもあるんだな。僕はこのごろ、おふくろのことばかり考えている。恩が返せなかったんだよ、僕は。それを思うんだよ。

大岡　だけど喜んでいたぜ。俺には言っていたよ。子供のときから秀雄ちゃんは、ってね。八卦見《はっけみ》がこのお子さんはいまに誰もしなかったことをやる、と保証したそうだぜ。そんなことはめったに言わない人だったが……。

小林　君の叔母さんのことを書いた小説（「叔母」）は、俺はいいと思ったね。

大岡　あれはまあ、追悼文ですからね。

小林　なんということはないけれどさ、文章としていろいろなことがよく出ているね。

大岡　それはありがとう。ああいうものを褒めてもらうと、非常にうれしいんです。

小林　とにかく文章でね。おもしろい文章とおもしろくない文章というのは、俺には簡単なんだよ、このごろ。簡単なふうに読んでいるからね。作者の苦心がどうのこうの、そんなことは面倒くさくなってきたな。いらないような気がしてきたんだよ、このごろ。

大岡　そうですね。

小林　「叔母」はそういうところから出ていないからな。

大岡　あれは楽に書けたんです。

小林　文章は、もちろんそういうものなんだ。

大岡　正宗白鳥さんの文体を、実にはっきりほめているね。

小林　僕は、はじめからほめている。

大岡　それなのに、正宗さんと論争がおこったことなんだけれども、正宗さんはときどきあんたのことを冷やかすようなことを書いていたような気がする。正宗さんは人にほめられると、喜んでいるわけじゃないぞということを、ちょっと示したいってな趣味があるわけですよ。

小林　そうかい。

大岡　終戦後の正宗白鳥さんとの対談はおもしろかったな。論争以来はじめてでしょう。

小林　あれは君、ひどい対談なんだよ。戦後の酒なんかないときだよ。そのときに、本屋がウィスキーを一本持ってきたんだ。はじめて飲むんだ、スコッチなんて。しゃべってい て僕は一本あけちゃった。それからあと酒だろう。だから酔っぱらっちゃって、別れたときは知らねえんだよ。目がさめたら沼津にいるんだ。数日たって対話録なるものが来たよ。酔っぱらっていて、読めたものじゃないよ。こんなもの、やめろと言ったんだ、とうてい出せないしね。正宗さんのところに持って行ったものを、私のところに廻して来たんだがね、正宗さん、ちっとも直していないんだ。俺はひどいこと言っているわけだが、正宗さんは自分の言葉をなにも直していないんだ。そして対話録の冒頭に「この対談、内容浅薄」と書いてある、走り書きで。はじめのうちはいいさ。しかし、あとになると俺のは先輩に対する言葉でなくなってきちゃったのさ。実に失礼なんだ。だからこんなものやめろと言ったんだが、相手はやめないと言うんだよ。出すなら出してもいいけれど、俺は失礼な言葉は削る。出すなら、その削り料を持って来い、そうじゃなければ俺はいやだ、と言ったんだ。そんなことがあって出たわけなんだ。そうしたらな、正宗さんは酔っぱらいというものはしょうがないと、『文藝』に随筆を書きましたよ。

大岡　そのときのことを。

小林　薄暗いなんとかの二階につれていかれて、酒飲みと一緒に話して、こんな辛いことはなかった。わからないのは酒飲みの心理となんとかの心理であるとか書いていたよ。それはだね、正宗さんは対談が出ると同じときに出るようにしていた。正宗さんは正義派だから、いくらなんでも書き加えるということは絶対にしないですよ。そのままにして「内容浅薄」と書いただけなんだ。それじゃ癪にさわるから、別のところに酔っぱらいというものは、しかたないもんだという感想を出すようにした。それは僕の方が悪いんですよ、あの人の癖でもなんでもない。

大岡　あの対話録は、和気藹々《わきあいあい》という定評ですよ。

小林　むろん、和気藹々だよ。あの人はおこりゃしないよ、笑っただけですよ。だけれど、活字になれば先輩に対する言ではないんだよ。生意気な、失礼な言葉になるわけだ。それをやめただけなんだよ。まあまあ、酔っぱらいだからしょうがないというところを残したわけ。妙なところは削っちゃったけれども、削るときに正宗さんが答えていれば削るわけにはいかないけれども、向うは相手が相手だから、うんうんと言っているだけだからね。

大岡　あのころ、あんたは柳田国男を泣かせたり、よく年寄りをいじめたときだったけれど。

小林　それは絶対デマだよ、そんなことは絶対にない。

大岡　だって、俺にそう言ったじゃない。岩波文庫でフレイザーの「金枝篇」が出たころ、お前、なんだ、「金枝篇」を読んだらまるで骨格が違うじゃないか、と言ったら、柳田さんはなにも返事をしなかったが、ぽろっと涙を一つこぼしたって、言ってたよ。

小林　思い出せないね。君が覚えているならしょうがねえや。それはまあ、俺が言ったから涙をこぼしたわけじゃないよ。

大岡　俺の感じではね、とにかく相手は民俗学を長くやってきた大家でしょう。しろうとの君に罵倒されて、それを聞いて我慢しなければならない。正宗さんは、内容浅薄と書いたけれども、柳田国男は返す言葉もなかったんじゃないか。

小林　俺は酒を飲むといけなかったけれども、罵倒というようなことはした覚えがない。お前さんにはそう伝えたかもしれないけれども、そういうことはないよ。柳田さんが亡くなる前、向うから呼ばれて三度ほど録音機を持って行ってるよ。つまりあの人は、なにか晩年気になったことがあったらしい。というのは道徳問題だよ。日本人の道徳観、それを言い残しておきたかったんだよね。筆記をとってくれというので行ったけれど、結局それは駄目だったな。話がみんな横にそれちゃって、中心問題からはずれてぐるぐる回ってしまってね。あの人の研究の話をして、面倒な、辛い話になり、愚痴みたいなことになってしまった。

大岡　外国は駄目だ、日本人はフレイザーを誤解すると言って、戦前には「金枝篇」の翻訳はさせなかったということだしね。日本全国から民話を集めたのは動かせない功績だよ。だけれど、全国の後輩から吸いとって自分の説として発表したそうだ。死ぬときになって気になったというのは、それじゃないかな。

小林　そうか。

大岡　だと思うな。日本人が死にぎわになってちょっと言うということは、とかく私生活のことなんだがね。正宗白鳥には、やはりあるかもしれないよ。家庭のこととかね。

小林　俺はそういうこととは考えないな。

大岡　柳田さんの場合が？

小林　それはぜんぜん違うね。やはり日本の将来の思想問題が心配だったということだと俺は思ったね。俺は君の言うような感じをあの人に持っていないもの。

大岡　あんたは柳田さんの文体をほめていたね。

小林　それはいいよ。

大岡　小林さんは昔から正宗さんの文体をほめているわけだが、そのほめ方は横光利一へのほめ方、「志賀直哉」みたいなよそいきのほめ方じゃなくて、親身なものの言い方があらわれている。こんど読み返してはじめて気がついたんだ。あなたのいまの文体が、あのころの文芸評論の中にはさまった感じなんだ。しかし、あなたは文学の批評はとっくの昔にやめちゃっているので、いまの読者は、「私の人生観」「考へるヒント」など、つまり人生の教師としての小林さんを頼りにしている、ということが言えるんじゃないかね。

小林　そうかね。

大岡　「近代絵画」には、わりとあんたの過去の思い出があるように思うな。ボードレールのことを、あんなにていねいに書いたことはなかったでしょう。

小林　つまり回顧的になっていることか。

大岡　「セザンヌ」の章がとくにいいな。

小林　セザンヌは好きだからな。だけれど、ピカソはほんとうは好きじゃないんだよ。ただ問題性があって別なところで好きなんだ。ピカソにはスペイン気質というか、旺盛な生活力があるんだが、それがつかめないから僕のピカソ論というのは不具なものですよ。やはり好きにならないと、見方が意地悪くなるもんですよ。あれは意地悪な論文ですよ。

大岡　ピカソはあんたが気質的にうけつけないところがあるんじゃないの。

小林　だめだね、僕には。

大岡　ところで文学の研究家というのは不思議な存在だね。一つの筋を調べはじめると、そっちの方ばかりに頭が行っちゃうんだ。その筋に関係のある材料だけをひっぱってくる。

小林　人生を知らない者が、人生について知った人のことを研究しようとしているわけだ。これは無理だ。最初からもう、逆の方向に走っている。それがどうしてうまい具合に行くか。不自然なことだ。研究者が人為的に事柄を合わせるんだよ。

大岡　つじつまをな。

小林　つじつまを合わせるんだな。これは困ったことなんだ。

大岡　駄目だと言っても、耳に入らねえんだから。

小林　僕は、とにかく人を説得することをやめて二十五年くらいになるな。人を説得することは、絶望だよ。人をほめることが、道が開ける唯一の土台だ。このごろ、人にはそれだけの道しかないように思っているんだけども、なんでもいいから僕の好きなものは取る。人から取るの。そういう道はあるよ。だから説得をやめたということは、人に無関心になったわけじゃないんだ。取れるものは取ろうと思い出したんだよ。ずいぶん昔のことだけれど、サント・ブーヴの「我が毒」を読んだときに、黙殺することが第一であるという言葉にぶつかったが、それがあとになって分ったな。お前は駄目だなんていくら論じたって無駄なことなんだよ。ぜんぜん意味をなさないんだ。自然に黙殺できるようになるのが、一番いいんじゃないかね。

大岡　二十五年来か。そうすると、やはり論争をやめたのは戦争中のことだな。

小林　僕の論戦の最後というのは、正宗白鳥さんですよ。これを最後にやめような、と思ってやめたんだ。

大岡　僕はやっと、三年前にはじめたんだけど、もうやめちゃったよ。

小林　批評家は自然に黙殺するようになるということにならなければ駄目だよ。僕はときどき文壇的座談会なんか読むけれども、なにも理解することができないな。絶対理解できない。よくもそこまで迷う人は迷うものだと思うけれどね。だんだん迷うから、とんでもないところへ行っているのが、当人はわからないわけなんだ。曖昧な問題を発明しては、今日二つ迷って、明日三つ迷うという迷い方をしているからな。ちゃんと迷うことなんかできやしない。曖昧な迷いというものは、どうにもしょうがないな。

大岡　迷いに欲がつくからね。欲がつかなければ迷いもつかない。

小林　正宗さんという人は、八十過ぎまで生きてさ、聖人のごときものだね。ほんとうにあれはソクラテスみたいだよ。

大岡　そうだね。

小林　現代のソクラテス。現代ではジャーナリズムの中にいたわけだけれども、白鳥さんが古代ギリシャにいれば樽なんかに寝ていますよ。

大岡　正宗さんの小説は実におもしろいね。

小林　それはみなおもしろいよ。ただ正宗さんという人物がわからないとおもしろくない。自然主義ではない。才はないさ。才というよりはもっと違ったものを持っちゃった人だ。

大岡　才能がないと言っても、それは人をだます才能がないというだけのことでね。

ただろう。

小林　そういう意味ですよ。つまり芸というものを磨こうともしなかったし、磨かなかっ

大岡　なるほど。

小林　あの人の文章は、アランなんかの文章とたいへん似たところがあるよ。だけれどもアランというのは芸人でしょう。芸を誰が育てたかというと、伝統なんだよ。哲学的伝統ですよね。日本では、これが混乱した。いわば思想的芸術の伝統が壊れたんだよ。その意味での知識人の孤独を、私はよく考える。大岡だって、福田恆存だって、大江健三郎だって、みんなそうだと思う。知的伝統の援助が当てにできない辛さをみな持っている。磨きをかけているけれど、磨かれないものがいっぱい自分の中にあるんだよ。それはなぜかと言うと、いかに自分を磨こうとしても、環境が磨かしてくれないだろうが。だから僕らが自分でカットしたり磨いたりするところはほんのわずかなところだよ。たくさん隠れているんだよ、宝が。それはつらいね。

（一九六五年十一月）

解説　アランを補助線として

山城むつみ

大岡昇平はいつも、小林秀雄のそばにいながら離れていた。離れていながらそばにいた。最晩年の小林が鎌倉の佐藤病院から慶應義塾大学病院に移ったのは一九八三年一月二十六日、死去するのは三月一日だ。それまでの間、面会は許されなかった。病室も知らされていなかった。しかし、大岡は病院を訪ねた。「もう一度、そばへ行きたくなった」のである。大岡は受付で問い合わせたようだが、やはり病室は分からなかった。小林は同じ病院内のどこかの部屋に横たわっている。大岡は、広いロビーを歩き回って時間をすごしてから帰宅した。

大岡は会えなかったが、小林の「そば」で時間をすごせたのだから、それでよかったのかもしれない。近いけれども遠い、だが、遠いけれども近いと言うほかない、この最後の微妙な距離には、大岡の、小林に対する関係がよく表れている。

大岡は小林の懐に飛び込みながら、いつもそこから少し外れたところに顔を出した。当初からそうだった。

一九二八年、十九歳の大岡は、東京で小林からフランス語の個人指導を受け、青山二郎、河上徹太郎、中原中也ら、小林のランボー的交友圏に巻き込まれ、その渦に自らも進んで飛び込んでいったが、そこにとどまってはいなかった。翌二九年には、京都に顔を出した。三二年まで在学した京都大学で桑原武夫からスタンダールを教えられた。桑原は、大岡が京大を卒業した翌年の三三年にはアランを訳して『散文論』という本にしている。日本で最初のアランの翻訳書である。

一九三四年、小林はベルクソンと対比してアランを論じている（「アランの事」）。小林は、学生時代にアランを愛読し始めた。その頃にはベルクソンの方を偏愛していたが、今はどちらも立派だと思うと書いている。地金にベルクソンがあるとしても、この頃には小林の中でベルクソンとアランが均衡していた。

一九三五年、勤め先を辞めた大岡はひと夏を小林と長野県の霧ヶ峰で過ごした。小林はそこでアランの『精神と情熱とに関する八十一章』を訳し、大岡はスタンダールの「アンリ・ブリュラールの生涯」を訳している。小林は、夜、階下の大岡の部屋を訪れてエントロピーについて語り、理論物理学の「講義」をしたという。小林とともに過ごしたこの夏は大岡にとって、小林がすぐ「そば」にいると感じられる幸福な時間だったにちがいない。

『精神と情熱とに関する八十一章』は翌三六年、創元社から刊行された。日本で二番目のアランの翻訳書である。ちなみに、大岡は後にアランの『スタンダアル』を翻訳し、小林の伝手でだろう、三九年に創元社から本にして出している。日本で五番目のアランの翻訳書である。

アランは反戦平和の人だった。しかし、ひとたび第一次世界大戦が起こると、教師として兵役が免除されていたにもかかわらず、志願して前線で重砲隊の兵卒として闘った。彼の先生だったジュール・ラニョーの教えに服してだ。「彼は、私をして余儀なく戦争に行かせるであろう。従って私は戦争に行ったのであり、自分は行くに値しなかったとは言わない。しかし、だからといって、悪魔とその熊手を崇めねばならぬことになるのだろうか」（『ラニョーの思い出』中村弘訳）。アランは葛藤の末、志願したのだ。四十六歳である。すでに老兵と言っていい。兵隊としての彼の働きはあまり芳しいものではなかったようだ。しかし、戦争という煉獄をくぐり抜けたとき、アランは、我々の知るアランになっていた。『精神と情熱とに関する八十一章』は、戦地で書かれ章ごとに投函された。病院から塹壕戦へ復帰する有蓋車両のなかで、戦火を浴びながら書いた章もある。一九三五年の夏、小林が訳していたのはそういう本だ。

一九三七年、日中戦争が起こる。戦争に対する文学者の覚悟を問われた三十五歳の小林は、そんなものはないと言い切った。「銃をとらねばならぬ時が來たら、喜んで國の爲に死ぬであらう。僕にはこれ以上の覺悟が考へられないし、又必要だとも思はない。一體文學者として銃をとるなどといふ事がそもそも意味をなさない。誰だつて戰ふ時は兵の身分で戰ふのである」（「戰爭について」）。小林秀雄を兵士として必要とする戦争など、やる前から負けているも同然なのだから、これは、兵にとられないことを承知の上でのレトリックだという解釈がある。私は小林の念頭に「アランの事」があったのだと思う。

しかし、話をあまり単純化しないために、小林が『精神と情熱とに関する八十一章』を訳す前年の一九三四年にアランが反ファシズム知識人監視委員会に代表者の一人としてコミットしていたことについて、少しばかり立ち入って言及しておきたい。

反ファシズム知識人監視委員会は、ヒトラーの脅威への対応をめぐって一九三八年に分裂している。ナチス・ドイツに対して強硬措置を取るべきだとする人々に対し、アランは戦争に訴えることを断固として拒否した。説得を旨とするアランの絶対平和主義は、ヒトラーに対する抵抗を棄てた宥和主義であって結果としてファシズムを利するだけだとの強い批判を浴びる。共産党系、社会党系のメンバーが監視委員会から離脱した。それでもアランは反戦平和を固持した。一九三九年、ドイツはミュンヘン協定を破ってチェコスロバキアに侵攻する。フランスはドイツに宣戦布告した。そして、一九四〇年六月、降伏する。

ドイツ占領下、アランは政治から撤退して完全に沈黙した。委員会に最後まで残った平和主義者の中にはヴィシー政府側についたものもいた（白井成雄「ラニョーとファシズム」）。このため、第二次世界大戦後、アランは、宥和主義者として一九四〇年の降伏を招き、対独協力者を生み出した責任を問われ、「敗北主義者、ヴィシー政権派、対独協力者、反ユダヤ主義者」呼ばわりされた（ジョルジュ・パスカル『アランの哲学』に橋田和道が付けた訳注）。その詳細については、アランを愛読している人、研究している人になお教えを乞わねばならないが、アラン自身は一九四〇年八月に師ラニョーに対する自分の考えをいちから再検討し直す必要を痛感していた（筏圭司「ラニョーとアラン」）。アランはラニョーをめぐって何をどう考え直したのか。ベルクソンは一九四一年に八十一歳でなくなるが、アランは一九五一年に八十三歳でなくなるまで生きて考えねばならなかった。アランによる再検討の一端は一九四六年のセルジオ・ソルミ宛書簡（神谷幹夫編訳『アラン、カントについて書く』所収）に窺えるが、第一次世界大戦をくぐり抜けた思想をも躓かせずにはおかない石が第二次世界大戦にはあったのだ。それは今も克服されず依然として存続している。アランを裁くなら、それと同時に直ちに為さねばならないことがある。アランが一九四〇年前後、戦争の中で躓いた石を我々ひとりひとりが我々の現在に自分自身の眼で洞察し、自分自身の手でそれと格闘することだ。

さて、日中戦争時の小林に戻ろう。この頃にはまだ小林の中に「アランの事」があった。しかし、戦争が進み、「大東亜戦争」も敗色が濃くなった一九四三年末には小林の心から「アランの事」が剥がれつつあったようだ。

小林は第三回大東亜文学者大会の金策と準備のため、単身、中国に赴いている。上海で小林と合流した河上徹太郎が書いている。「左翼崩れ、右翼の殺し屋、軍の特務機関、占領地でボロ儲けを狙う「一と旗組」、覇気があるやうに見えて実は故郷を失つた心の空虚をさらけ出したインテリ人種が、この街にはひしめいてゐた。小林と私はさういふ中を泳いで、何となく毎夜酒にこと欠かなかつた」(「上海の憂鬱」)。河上は小林の暮らしの細部を見逃さず書き留めている。「ヴェランダの籐椅子の上にはアランの『わが思索の歴史』が永遠に読みかけでおいてあつた」。ここには、戦争下の小林の内面がさらけ出されてはいないか。

「アランの事」が小林の心から消えたわけではない。だが、ベルクソンとアランの均衡を指標として言えば、小林は、地金としてあったベルクソンの側に天秤が大きく傾いた心で敗戦を迎えたのだ。そこへ大岡が復員して来る。

一九四四年、大岡は一兵卒としてフィリピンに派遣された。銃をとらねばならぬ時が来たら、と小林が言ったのと同じ三十五の時だ。小林にその時は来なかったが、大岡は銃をとり、歩哨として働き、捕虜となって敗戦を迎えた。復員後、一時は小林の家の離れに住んだ。大岡は『俘虜記』と『野火』によって戦後の文壇で脚光を浴びた。アランが第一次世界大戦をくぐり抜けてアランになったように、大岡も戦争をくぐり抜けて大岡昇平になったのである。

　むろん、大岡を世に送り出したのは小林であり、大岡も遠慮なく小林の懐に飛び込んだはずである。しかし、大岡の精神はやはり小林の懐から少し離れた「そば」に顔を出してしまう。霧ヶ峰で小林が訳していた『精神と情熱とに関する八十一章』には「ラニョオは僕の師だが、僕は敢《あ》へて彼の弟子とは言ふまい」という言があるが、大岡も、決して「弟子」になりえない地点から「師」小林を見続ける眼を戦争によって強いられていた。強いられたその眼を大岡はだいじに育てた。敗戦後、二つの精神はすれちがい、交流もボタンをかけちがえたように進む。だが、すれちがい、かけちがう一瞬、両者の間には「アランの事」が閃いていたのかもしれない。対談では、思いがけなくアランという名がそれぞれの口をついて出ている。

　大岡の眼は貴重だ。今は、小林秀雄に傾くべきフェーズではない。敢えて対極へ走ってでもバランスを取るべきときだ。たしかに、大岡にとってのみならず、我々にとっても、小林は「人生の教師」である。「教えられたこと」もたくさんある。しかし、今、小林に偏向すれば、知らないうちに反知性の奈落に滑り落ちることになる。我々は歴史のそのようなエッジにいる。今は、小林秀雄は我々の「師」だが、我々は彼の「弟子」ではないと敢えてはっきり言うべきときである。そのような今、「師」小林の懐をこよなく愛惜しつつも、そこからほんの少しだけ離れた「そば」から小林を見続けた大岡の眼は貴重なのである。

（やましろ・むつみ　文芸批評家）

初出一覧

I

小林秀雄の小説　『小林秀雄全集　第二巻』（一九五〇年、創元社）／小林秀雄の世代　『新潮』一九六二年六月号／小林秀雄の書棚　『昭和文学全集19　小林秀雄』アルバム小林秀雄（一九六二年、角川書店）／人生の教師　『日本の文学43　小林秀雄』（一九六五年、中央公論社）／Xへの手紙　『小林秀雄全集　第二巻』（一九六八年、新潮社）／歴史と文学　『小林秀雄全集　第七巻』（一九六八年、新潮社）／『本居宣長』前後　『新訂　小林秀雄全集　別巻I』（一九八三年、新潮社）／『無私の精神』『週刊読書人』一九六三年九月二十三日号／『考へるヒント』『産経新聞』一九六四年五月二十四日／『「白痴」について』『週刊読書人』一九六四年六月八日／江藤淳『小林秀雄』　『朝日ジャーナル』一九六二年一月二十八日号／小林秀雄書誌上の一細目について　『群像』一九六四年九月号／死蔵すべきではない　『日本近代文学館』第九十一号（一九八六年）

II

ソバ屋の思い出　『小林秀雄全集　第三巻』月報第6号（一九五六年、新潮社）／文化勲章　『週刊新潮』一九六七年十一月十八日号／旧友　小林秀雄　青山二郎　『アサヒカメラ』一九五〇年六月号／小林さんと河上さん　『昭和文学全集　小林秀雄・河上徹太郎集』月報第13号（一九五三年、角川書店）／わが師わが友　『新潮』一九五三年八月～十二月号

III

大きな悲しみ　『東京新聞（夕刊）』一九八三年三月一日／小林さんのこと　『中央公論』一九八三年四月号／教えられたこと　『新潮』四月臨時増刊「小林秀雄追悼記念号」（一九八三年）／小林秀雄さま、　一九八三年三月八日　青山斎場での弔辞

対話　現代文学とは何か　『文學界』一九五一年九月号／文学の四十年　『日本の文学43　小林秀雄』月報（一九六五年、中央公論社）

編集付記

一、本書は著者の小林秀雄に関する文章を独自に編集し、著者と小林との対談二編を併せて収録したものである。編集にあたり、第Ⅰ部に批評・書評などを、第Ⅱ部にエッセイを、第Ⅲ部に追悼文を配置した。中公文庫オリジナル。

一、本書の収録作品は筑摩書房版『大岡昇平全集』第17巻（一九九五年刊）を底本とした。底本中、明らかな誤植と思われる箇所は訂正し、難読と思われる語には新たにルビを付した。

一、本文中、今日の人権意識に照らして不適切な語句や表現が見受けられるが、著者が故人であること、刊行当時の時代背景と作品の文化的価値を考慮して、底本のままとした。

中公文庫

小《こ》林《ばやし》秀《ひで》雄《お》

2018年11月25日　初版発行
2019年12月25日　再版発行

著　者　大《おお》岡《おか》 昇《しょう》平《へい》

発行者　松 田 陽 三

発行所　中央公論新社
〒100-8152　東京都千代田区大手町1-7-1
電話　販売 03-5299-1730　編集 03-5299-1890
URL http://www.chuko.co.jp/

DTP　ハンズ・ミケ
印　刷　三晃印刷
製　本　小泉製本

Published by CHUOKORON-SHINSHA, INC.
Printed in Japan　ISBN978-4-12-206656-4 C1195

中公文庫既刊より

各書目の下段の数字はISBNコードです。978-4-12が省略してあります。

お-2-12
大岡昇平 歴史小説集成
大岡 昇平
「挙兵」「吉村虎太郎」など長篇『天誅組』に連なる作品群ほか、「高杉晋作」「竜馬殺し」「将門記」など戦争小説としての歴史小説全10編。〈解説〉川村 湊
206352-5

お-2-18
成城だより 付・作家の日記
大岡 昇平
文学、映画、漫画……闊達に綴った日記文学。一九七九年十一月から八〇年十月まで。「作家の日記」を併録。全三巻。〈巻末付録〉小林信彦・三島由紀夫
206765-3

こ-14-2
小林秀雄 江藤淳 全対話
小林 秀雄
江藤 淳
一九六一年の「美について」から七七年の大作『本居宣長』をめぐる対論まで全五回の対話と関連作品を網羅する。文庫オリジナル。〈解説〉平山周吉
206753-0

よ-15-9
吉本隆明 江藤淳 全対話
吉本 隆明
江藤 淳
二大批評家による四半世紀にわたる全対話を収める。『文学と非文学の倫理』に吉本のインタビューを増補し改題した決定版。〈解説対談〉内田樹・高橋源一郎
206367-9

こ-14-3
人生について
小林 秀雄
名講演「私の人生観」「信ずることと知ること」を中心に、ベルグソン論「感想」（第一回）ほか、著者の思索の軌跡を伝える随想集。〈解説〉水上 勉
206766-0

い-38-4
太宰 治
井伏 鱒二
師として友として太宰治と親しくつきあった井伏鱒二。二十年ちかくにわたる交遊の思い出や作品解説など太宰に関する文章を精選集成。〈あとがき〉小沼 丹
206607-6

マ-15-1
五つの証言
トーマス・マン
渡辺 一夫
第二次大戦前夜、戦闘的ユマニスムの必要を説いたマンへの共感から生まれた渡辺による渾身の訳業。寛容論ほか渡辺の代表エッセイを併録。〈解説〉山城むつみ
206445-4